신새벽의 시 읽기

## 신새벽의 시 읽기

| | |
|---|---|
| 발행일 | 2024년 7월 24일 |

| | | | |
|---|---|---|---|
| 지은이 | 신명경 | | |
| 펴낸이 | 손형국 | | |
| 펴낸곳 | (주)북랩 | | |
| 편집인 | 선일영 | 편집 | 김은수, 배진용, 김현아, 김부경, 김다빈 |
| 디자인 | 이현수, 김민하, 임진형, 안유경 | 제작 | 박기성, 구성우, 이창영, 배상진 |
| 마케팅 | 김회란, 박진관 | | |
| 출판등록 | 2004. 12. 1(제2012-000051호) | | |
| 주소 | 서울특별시 금천구 가산디지털 1로 168, 우림라이온스밸리 B동 B113~115호, C동 B101호 | | |
| 홈페이지 | www.book.co.kr | | |
| 전화번호 | (02)2026-5777 | 팩스 | (02)3159-9637 |

| | | |
|---|---|---|
| ISBN | 979-11-7224-209-1 03840 (종이책) | 979-11-7224-210-7 05840 (전자책) |

---

**(주)북랩 성공출판의 파트너**

북랩 홈페이지와 패밀리 사이트에서 다양한 출판 솔루션을 만나 보세요!

**홈페이지** book.co.kr • **블로그** blog.naver.com/essaybook • **출판문의** book@book.co.kr

---

**작가 연락처 문의 ▸ ask.book.co.kr**

작가 연락처는 개인정보이므로 북랩에서 알려드릴 수 없습니다.

일제 강점기 시인들의 초상

# 신새벽의 시 읽기

신명경 지음

북랩

문학은 재화를 생산해 낼 수 있는가? 케케묵은 문학의 효용에 관해 새삼 묻는다.

가르치는 일을 업으로 삼거나 글쓰기를 전업하는 작가가 아니고서는 문학을 통해 재화를 생산해 낼 수는 없다. 더구나 신자유주의 이후 거대한 자본의 논리 앞에서 인문학은 초라하고 왜소해질 수밖에 없다. 속된 말로 '돈이 되지 않는' 것들은 다 별볼 일 없는 것이 되어버렸다. 문과 폭망의 시대가 된 것이다. 그럼에도 불구하고 이 '돈 안 되는' 문학은 우리를 들뜨게 하고, 슬프게 하고, 감격하게 한다. 또 우리는 문학을 공부하며 인생을 배우고 역사를 배우고 인간을 이해하게 된다. 그러므로, 시험을 위해 문학을 공부하는 이는 불행하다. 시를 점수의 대상으로 여기는 이는 가난하다.

우리 근현대의 역사는 참으로 숨 가쁜 역동 그 자체였다. 조선이라는 나라가 몰락하고 일제 강점의 치욕을 겪었고, 해방 이후 어마어마하고도 무서운 속도의 서구화를 경험했다. 이념의 갈등이라는 불행은 민족의 분단이라는 비극을 낳았고 이는 여전히 진행형이다. 이 모든 역사의 현장이 문학 속에는 다 들어 있다. 우리 지식인들이 얼마나 치열하게 신음하고, 고민하고, 좌절하고, 환호했는지 다 들어있다. 이것을 이해하고 가슴으로 받아들인 자는 그 많은 지식인들의 역사적 경험을 조금은 공유한 셈이다.

이 책에서 나는 우리 근대문학의 역사를 작용-반작용의 역사로 보았다. 세상의 모든 일이 그렇듯 우리 문학도 어떤 한 세력이 주도권을 잡으면 그에 대한 반발이 작용하고, 그 반발이 큰 권력이 되면 또 다른 반발이 생겨나는 것으로 파악했다. 이는 작품을 개별의 독립된 구조물로 보고 분석의 대상으로 삼는 입장과는 사뭇 다른 것이다. 여하튼 문학 작품도 거대한 역사적 흐름 속에 놓여 있는 것으로 보고 설명하려 했다.

나는 문학도 문학 이론도 대중과 가까이 있어야 한다고 생각한다. 그래서 되도록 쉽게 설명하려 노력했다. 그런다고 해서 우리 시의 맛이 떨어지거나 수준이 저급해지는 것은 결코 아니라고 믿는다. 그래서 이 책은 시를 시험공부의 대상으로 여길 수밖에 없는 고등학생과 문학을 전공하는 대학생 모두 읽을 수 있는 것으로 기획되었다. 시를 가르치는 선생님들도 참고할 수 있을 듯하다. 문학 공부를 조금 더 재미있는 것으로 여겨준다면 큰 행복이겠다.

책을 준비하면서 저작권 문제가 걸림돌이 되는 대부분의 작품을 빼다 보니 분량이 많이 줄었다. 우선, 해방 이전의 작품들 몇몇을 대상으로 이야기를 풀어놓는다. 많은 사람들에게 시 공부가 재미있는 것이었으면 좋겠다.

여기서 다루는 작품들은 일제 강점기를 눈물로 건너온 것들이다. 당시 청년들의 고뇌와 절망이 새삼 무겁게 느껴진다. 힘든 시기를 살아온 그들에게 존경과 연민의 마음을 보낸다.

신명경

# 목차

# 1

## 김소월 「진달래꽃」, 「산유화」

— 소월이 천재적 민요시인인 이유

## 김소월 「진달래꽃」

나 보기가 역겨워
가실 때에는
말없이 고이 보내 드리오리다

영변에 약산
진달래꽃
아름 따다 가실 길에 뿌리오리다

가시는 걸음걸음
놓인 그 꽃을
사뿐히 즈려밟고 가시옵소서

나 보기가 역겨워
가실 때에는
죽어도 아니 눈물 흘리오리다

우리 문학사에서 빼놓을 수 없는 절창 중의 절창인 「진달래꽃」이라는 작품이 있습니다. 김소월이라는 이름 앞에 가장 자주 붙는 수식어 중의 하나가 '민요시인'이라는 말입니다. 우선, 김소월이나 그의 작품에 대해 구체적으로 이야기하기에 앞서서 '민요시인'이라는 이 호칭에 대해서 한번 생각해 봅시다.

'민요시인' 또는 '민요시'라고 했을 때, '민요시'라고 말할 수 있는 이유를 형식적인 면과 내용적인 면으로 나누어서 한 번 살펴볼까요? 여러분들이 알고 있는 민요 중에서 가장 대표적인 민요가 무엇입니까? 아리랑, 그렇지요. 세계적으로도 유명한, 그리고 공식적인 큰 여러 행사에서도 아리랑은 공연된 적이 많이 있습니다. 그래서 다른 나라 사람들도 아리랑에 대해서는 꽤 많이 알고 있다고 하지요. 그렇다면 아리랑의 형식에 대해서 한번 생각해 봅시다.

아리랑의 형식에 대해서 어떤 사람은 3음보다, 또 어떤 사람은 4음보다, 그렇게 주장합니다. 3음보라고 주장하는 사람의 주장은 이렇습니다. '아리랑/아리랑/아라리요' 그렇죠, 3음보죠?

'아리랑/고개로/넘어간다' 이렇게 해서 3음보라고 주장합니다. 누가 봐도 3음보입니다. 그런데 특이하게, '3음보 아니야, 4음보라고 봐야 돼. 아주 옛날부터 있었던 우리나라의 노래의 전통은 3음보짜리는 별로 없어. 대부분 4음보야' 그렇게 주장하는 사람들이 있습니다. 왜 이런 주장을 할까요? 아리랑은 지금 우리처럼, 방금 읽은 것처럼 '아리랑/아리랑/아라리요 아리랑/고개로/넘어간다' 이렇게 '읽는' 것이 아니고, 노래로 '불린' 거잖아요, 그렇습니다. '아리랑 아리랑 아라리오오오오'까지 나와야 아리랑이 됩니다. 그래서 뒤에 '아라리/오오오오'까지 하면 네 마디가 되어야 한다는 것입니다. 음악으로 봤을 때 '마디가 네 개짜리, 즉 4음보라고 봐야 한다' 이런 주장이 설득력을 가집니다. 물론 둘 다 타당성이 있는 이야기이긴 합니다.

　「진달래꽃」이나 「산유화」 같은 이런 시들은 활자로 읽혔던 거잖아요. 노래로 불리어졌던 것은 아니지요. 즉 악보가 붙어있는 것은 아니라는 것입니다. 그러니까 우리는 단순히 눈으로 보는, 시각적으로, 활자로 보는 것을 기준으로 삼는 것이 좀 더 타당하지 않겠나 하는 생각이 됩니다. 그렇게 봤을 때 아리랑을 일단 3음보라고 치고(반드시 이것이 옳다는 말은 아닙니다), 형식에 대한 이야기를 진행해 나갈까 합니다.

먼저 민요의 대표 격인 아리랑의 음보율을 따져보면 3음보라고 했잖아요. 이때의 '음보'에서 '보'라는 것은 소리의 걸음 단위로 3음보는 세 덩어리짜리라는 말입니다. 이것을 음보의 단위로 보지 않고 글자의 수, 즉 음수율로 따지게 되면, '세 자 / 세 자 / 네 자' 이렇게 됩니다. 아리랑(세 자) / 아리랑(세 자) / 아라리오(네 자), 즉, 3·3·4조로 볼 수 있다는 것입니다. 김소월의 시 중에 3·3·4조인 것이 바로 「산유화」입니다. 글자로 한 번 써 보도록 합시다.

'산에는 꽃피네 꼬치피네'(원래 원문은 이렇게 되어 있습니다), '갈봄 녀름없이 꼬치피네' 이렇게 되어 있습니다. 자, '산에는 꽃피네 꼬치피네', 정확하게 3·3·4입니다. '아리랑 아리랑 아라리오' 하고 똑같지요. 그런데 다음에 2·4·4로 바뀌었죠. '갈봄 녀름없이 꼬치피네'에서 말이죠. 그런데 속으로 한 번 이 시를 읊어보세요. '산에는 꽃피네 꼬치피네 갈봄 여름없이 꼬치피네.' 최대한 시의 맛이 좀 살아나게끔 해서 읽으면 무엇을 알 수 있나요? '갈봄 여름없이'에서 '갈봄'은 좀 길게 발음되고, '여름없이'에서는 좀 짧게 발음된다는 것을 알 수 있습니다. 그렇지요?

이 '갈봄 여름없이'라는 짧은 구절 속에는 세 가지의 파격이 시도되고 있습니다. 첫 번째 파격은 순서가 마음대로 바뀌어 있다는 것입니다. '봄, 여름, 가을, 겨울'이라고 흔히들 말하는데 '갈 봄 여름'이라고 시인 마음대로 순서를 바꾸어 놓았죠? 두 번째 파격은 '가을'을 '갈'이라고 마음대로 줄여버린 것입니다. 세 번째 파격은 '겨울'을 빼먹었다는 것입니다. 그렇다면 이렇게 남들은 흔히 시도하지 않는 특이한 언어 구사를 통해서, 도대체 무엇을 얻고자 한 것일까요?

흔히들 말하는 대로 '봄 여름 가을 겨울 없이'라고 해볼까요? 뭔가 좀 심심하고 재미없지요? 잘 읽히지도 않고 리듬감이 살아나지도 않음이 느껴질 거예요. 그런데 '겨울' 하나를 빼어 버리니 3·3·4라는 아리랑이라는 우리 민요의 율격이 그대로 느껴진단 말이에요. 또한 '갈봄'은 글자 수는 두 자임에도 불구하고 '가알 봄'처럼 길게 발음이 되므로 실제의 느낌은 세 자 이상의 효과가 있다는 거예요. 상대적으로 '여름없이'는, '여—름—없—이' 이렇게 길게 발음되면 오히려 이상하게 느껴집니다. '여름없이'를 빨리 읽으면 글자 수는 네 자이지만 실제 느껴지는 길이는 세자의 느낌밖에 나지 않지요. 그래서 기가 막히게 '갈봄 여름없이 꽃이피네'라는 이 구절이 우리에게 주는 느낌이 아리랑과 같은 3·3·4조의 느낌을 그대로 준다, 이 말입니다.

소월은 이러한 의도적인 파격을 통해서, 아리랑이 본래 가지고 있는 율격을 고스란히 옮겨 놓았습니다. 처음부터 3·3·4, 3·3·4 이렇게 갔더라면 단조롭고, 재미가 없잖아요. 누가 보아도 '에이 이거 아리랑 같은 민요 율격 그대로 베껴 썼네.' 이렇게밖에 안 되는데, 이것을 살짝 비틀어 시의 맛을 한껏 내었지요. 이게 바로 그가 천재니까 가능한 일입니다. '살짝'이라는 것, 작지만 쉬운 일은 아니지요. 남들이 시도하지 않는 이런 파격, 3·3·4의 느낌은 그대로 살리면서 살짝 비틀기. 이런 점에서 볼 때 김소월을 '천재적인 민요시인'이다, 라고 말할 수 있는 것입니다. 옛것을, 민요를 그대로 베낀 것이 아니라 자기 나름대로 변용시켜 놓았다는 것이지요.

다음으로 내용적인 측면에서 볼 때 김소월을 '민요시인'이라고 할 수 있는 이유를 살펴봅시다. 한국 사람들이 가진 특징 중하나가 정서적으로 억눌림이 많다는 것입니다. 그래서 다른 나라 말로는 번역조차 되지 않는 용어들이 몇 개 있습니다. 예를 들어서 '한' 같은 단어가 그렇습니다. 한자로 쓰면 이렇게 씁니다. '恨.' 중국 글자에도 이 글자가 있기는 합니다. 발음을 정확하게는 못하겠지만 '헌'이나 '흔', [he'n]. 이 정도로 발음합니다. 뜻이 우리가 말하는 '한'과는 다르고, 단순히 '싫어하다', '미워하다'라는 뜻입니다. 우리가 흔히 말하는 '한이 맺혔다', '한이 쌓였다'

는 의미가 없다는 말입니다. 다른 나라 말에는 이와 같은 단어가 아예 없습니다. 영어에도 '한'에 해당하는 단어가 없기 때문에 '한'을 소리 나는 대로 그냥 'Han'이라고 씁니다.

'화병'도 역시 마찬가지예요 '화병'을 영어로 표기하면 'Hwa—bbyung' 이렇게 씁니다. 마음속에 한이 쌓여서, 스트레스가 쌓이고 또 쌓여서 더 이상 풀기도 어려운 정도가 됐을 때, 병원에 가도 "아이고, 이거 답이 없습니다. 그냥 마음 편하게 드시고, 먹고 싶은 것 마음대로 먹고, 잠 잘 자고, 그 수밖에 없습니다." 라고 하면 그게 화병이잖아요. 그러니까 의학적으로 이런 경우에 해당하는 것이 없다 보니까, 한국 사람들에게만 나타나는 이런 현상을, 가슴이 답답하고 숨도 잘 안 쉬어지고, 이것을 그냥 영어로 'Hwa—bbyung'이라고 표기한단 말이에요. 한국 사람들은 이런 굉장히 독특한 정서를 가지고 있습니다.

그러면 '한'과 같은 이런 독특한 정서가 왜 생겼을까요? 하도 사람을 억눌렀기 때문이지요. 특히 누구를? 여자를. 남성이, 사회가, 제도가, 사회구조가, 또는 계급이라는 것이 하도 눌러서 여자들이 하고 싶은 대로 하지를 못해 생겨난 것입니다. 말도 함부로 못 해, 행동도 함부로 못 해, 쌓이고, 쌓이고, 쌓이니까 이렇게 된다는 거예요. 사회 전체가 구조적으로 이렇게 복종과

인내를 강요하니까 혼자 튀기도 어렵지요, 혼자 튀면 욕먹는 것은 다반사이고, 집안 망신이나 시키는 존재 취급당하고, 그 사람만 사회적으로 완전히 매장되어 버리지요. 마치 지금 중동지방에 아직도 남아있는 여성에 대한 형벌 같은 것과 같습니다. 여성이 조금이라도 부정한 행실을 하면 돌팔매로 때려죽이는 그런 사회적 편견 같은 것이지요. 우리는 동네나, 저잣거리에 여자를 끌고 나와서 돌로 때려죽이지만 않았을 뿐이지 평생 동안 얼굴도 못 들고 다니게 만들어 버리다 보니까 한이 생길 수밖에 없는 것이죠.

그런 시간이 누적되고, 또 누적되어 여성이 자기 의사를 표현하는 것에 소극적으로 될 수밖에 없었습니다. 마음에 드는 사람이 있어도 "난 네가 좋아. 정말 좋아." 이렇게 못하는 것이죠. 좋아도 좋다고 표현 못 하고, 그냥 부끄러운 척만 하는 거죠. 또 그게 완전히 몸에 배다 보니까 실제로도 그런 정서가 내면화되어 그렇겠죠. 부끄러운 표시만, 표현만 할 뿐이지 자기 감정표현에 전혀 익숙하지 않은, 그러한 감정표현 방식이 김소월의 시 「진달래꽃」에서는 어떤 식으로 나타나는지 한번 살펴봅시다.

이 시는 크게 네 개의 연으로 되어 있고, 그 네 개의 연은 각각 '일곱 자, 다섯 자, 일곱 자, 다섯 자'의 형태로 되어 있습니다. '나보기가 역겨워' 일곱 자. '가실 때에는' 다섯 자. '말없이 고이 보내' 일곱 자. '드리오리다' 다섯 자의 형태로 되어 있습니다. 그래서 7·5조라고 할 수도 있겠고, '나보기가'와 '역겨워'를 띄어서 '나보기가 / 역겨워 / 가실 / 때에는' 하면 음보가 4개가 됩니다. 그런데 '나보기가/역겨워/가실/때에는' 이건 괜찮은데, '말없이/고이 보내/드리오리다'의 '드리오리다'를 나눌 수는 없잖아요? '드리/오리다' 이것은 안 되잖아요. 그러니까 이 시를 4음보로 볼 수는 없고, 3음보라고 볼 수 있겠죠? 그래서 7·5조 또는 3음보라는 형식을 갖고 있습니다.

그런데 이 시에서 중요한 것은 형식이 아닙니다. 재밌는 것은, 진달래꽃이라는 작품에 들어있는 정서와 그 정서를 표현하는 방법입니다. 그 정서를 표현하는 방법은 처음부터 끝까지 거짓말을 통해서 이루어집니다. 완전 거짓말입니다.

자, 낱낱이 봅시다. 처음에, 나보기가 역겨워 가실 때에는 말없이 곱게 보내주겠다고 했지만 사실은 곱게 안 보내 줍니다. 그리고 마지막에 가서 죽어도 눈물 흘리지 않겠다고 했지만 그것도 순 거짓말입니다. 지금 이 사람, 시적 화자는 이별이라는 상황에 처해 굉장히 슬퍼하고 있다는 것을 알 수 있습니다. 작품을 한번 봅시다. '나 보기가 역겨워 가실 때에는' 부분. 먼저 시

제가 '가실 때에는' 그랬으니까 미래죠? '가게 된다면' 이거잖아요, '가게 된다면.' 내가 보기 싫어서 떠나게 된다면, 만약에 그런 상황이 온다면, 난 그냥 보내줄게, 그겁니다.

그런데 이 심리가, 여기 들어있는 이 심리가 상당히 재밌는 심리입니다. 헤어지지 않았단 말이에요. 지금, 헤어질 것을 자기가 미리 가정하고 이야기하고 있는 것입니다. 당신과 내가 헤어지게 된다면, 당신이 나를 떠나가게 된다면. 자신이 없는 거죠. 상대는 나보다 좀 나은 존재인데, 그래서 그 존재가 나를 미워하게 되거나 싫증 내게 된다면, 나도 자존심이 있으니까 "뭐 그래, 괜찮아. 가려면 가. 너 없어도 잘 먹고 잘살 수 있어."라고 말할 거다,라는 것이죠. 심리학적으로 일종의 자기방어 기제입니다.

예를 들어, 소개팅을 나갔어요. 이 시의 화자가 여성이라고 가정한다면(아마도 여성 화자인 것 같죠?) 소개팅 나간 여성이 남자 파트너를 만났는데 굉장히 마음에 드는 거예요. 잘 생겼고, 좋은 학교 다니고 있고, 또 소개해 준 친구한테 들어보니까 아버지가 아주 큰 회사 사장이고, 집에 돈도 많고, 키도 크고, 운동도 잘하고 뭐 하나 빠질 데가 없는 애인 것입니다. 그런데 가만히 생각해 보니까, 그 남자에 비해서 내 처지를 생각해 보니 나는 가난한 아빠에다, 맨날 돈 없다고 용돈 줄이자고 얘기하고,

휴학 좀 하면 안 되나? 그런 상황이고, 게다가 또 나는 예쁘지도 않고, 장학금 한 번 받아 본 적도 없는 그런 아이란 말이죠. 아무래도 내가 이 남자한테 차일 것 같단 말입니다. 그러니까 소개해 준 친구한테 미리 얘기해 버리는 거죠. "아, 걔 별로더라. 소개받은 자리에서 코딱지나 후비고 앉았고, 애가 영 매너도 없고. 그래서 걔 안 만날래."하고 말해버리는 그런 심리. 자기가 다치기 싫어서 미리 질러버리는 거죠. 그런 것이 일종의 자기방어라는 겁니다.

그런데 그 가정한 상황이 또 재밌어요. '나보기가 역겨워'라고 했다는 거예요. '역겨워'라는 게 뭡니까. 역겹다는 게. 실제로 만약에 역겹다고 얘기를 한다면 "야 나는 너 보니까 역겨워 토할 거 같아. 웩. 속이 안 좋아." 얼마나 기분 나쁜 표현입니까 이게. "난 너만 보면 토할 거 같아. 이제 그만 만나." 이런 상황이 온다면 두말할 것 없이 보내주겠어. 그 말이거든요, 지금.

그래 놓고는 곱게 보내주겠다고 합니다. 말로는. 그러나 절대 곱게 안 보내줍니다. 꽃 뿌려준다고 그럽니다. 그런데 이게 왜 곱게 보내주는 행위가 아닐까요? 일반적으로 꽃을 뿌려준다는 것은 축복의 의미가 있습니다. 결혼식을 할 때도 맨 마지막에 그 결혼행진곡이 딴딴따단 하고 나오면 꼬마 아이, 화동이 색종이나 꽃 같은 것을 앞서가면서 뿌려주잖아요. 이것은 앞으로 두 사람 가는 길을 축복해 주는 의미로서 이렇게 하는 겁니다. 옛날에 사람이 죽으면 상여가 나가잖아요. 삼일장이나 오일장이 끝나고 나면 관을 실은 가마 같은 것이 장지를 향해서 갈 때에, 그때도 앞에서 색종이 같은 것을 뿌려줍니다. '잘 죽었다. 축하한다' 이런 의미가 아니고 '저승길을 잘 가시오'라는 의미로. 말입니다.

이 시에서도 떠나는 사람의 앞길에 좋은 일이 있으라고, 축복의 꽃을 뿌려주겠다는 겁니다. 그것도 영변이라는 곳의 진달래를 뿌려주겠답니다. 북한의 핵 시설이 있다고 해서 자주 매스컴에도 오르락내리락했던 곳입니다. 거기에 가면 약산이라는 조그마한 산이 있는데, 정말로 진달래꽃이 유명하다고 합니다. 당연히 나도 가보지는 못했지만, 들은 얘기로는 조그마한 산 하나가 봄이 되면 온통 빨갛답니다. 산 전체가. 진달래꽃이 어찌나 많은지. 그래서 그 유명한 진달래꽃을 한 아름 따다가 꽃을 뿌려줄 테니까, 축복해 줄 테니까, '가시는 걸음걸음 놓인 그 꽃을 사뿐히 즈려밟고 가시옵소서' 그랬습니다.

사뿐히 즈려밟고 가라는데, 남자 몸무게가 아무리 덩치가 작고 호리호리한 사람이라도 한 50킬로그램 이상은 나갈 텐데,

50, 60킬로그램 이상 나가는 사람이 그 연약한, 진달래꽃(본 적 있죠? 진달래꽃잎이 다른 꽃잎도 대부분 그렇긴 하지만 굉장히 얇단 말이에요)을, 손으로 조금만 세게 잡아도 꽃잎에 상처가 날 정도로 그렇게 연약한데, 그 연약한 꽃잎을 사뿐히 즈려밟을 수가 있나, 짓이겨질 수밖에 없지. 그렇지 않나요?

그런데 여러분, 학교에서는 보통 이 부분에서 뭐라고 배웠나요? 이 꽃잎에다 밑줄 그어라, 진달래꽃에다 밑줄 그어놓고 시적 화자의 분신이라고 써넣어라 그러잖아요. 그렇게 본다면 이 말은 축복이라는 표면적 의미와는 달리, 나의 분신과도 같은 이 꽃을 밟고 가 봐라, 네가 나를 밟고, 네가 내 마음을 이렇게 짓이겨 놓고 가서는, 진달래 꽃잎이 짓이겨지듯이 나를 그렇게 해놓고 가서는, 잘 먹고 잘사는지 두고 보자, 이 나쁜 놈아. 이런 심리가 여기에는 포함되어 있다 이 말이에요.

그러니까 사랑하는 사람이 떠나는데 가지 마라. 난 아직도 너를 사랑해. Still loving you, please don't go. I can't live without you. 이러고 붙잡는 게 아니고, 감정표현을 그렇게 못하고 꽃잎을 뿌려 줄 테니까 이걸 밟고 가세요. 이렇게 얘기하는 것, 착한 척하는 거죠. 어떻게 보면 그게 상당히 지고지순한 사랑과 희생의 마음 같긴 하지만 또 어떻게 보면 위선적이기도 하고, 또 어떤 면에서 보면 누가 뒤통수를 막 땡기는 듯한 좀 무시무시한, 섬뜩한 느낌이 들기도 한단 말입니다. 떠나는 남자 입장에서 볼 때, 차라리 '에잇 나쁜 놈아, 더러운 놈아' 하고 욕을 하는 게 낫지, '꽃잎 뿌려줄 테니까 밟고 가거라', 이렇게 하면 뭔가 찜찜할 거란 말이죠.

자신의 감정을 이렇게 왜곡해서 드러낼 수밖에 없는 것, 이것이 조선 여인들의 감정표현 방식이 아니었을까, 그래서 절로 한이 생길 수밖에 없었을 것이다, 그런 생각이 듭니다.

그래서 마지막에 나오는 '나보기가 역겨워 가실 때에는 죽어도 아니 눈물 흘리오리다.'라는 말도 역시 거짓 진술일 수밖에 없는 거죠. 죽어도 눈물 흘리지 않겠다는 것이 정말 하나도 안 슬프다는 뜻이라면 시는 왜 써, 꽃잎은 왜 수고스럽게, 그것도 조금도 아니고 한 아름이나 따와 가지고 그걸 뿌려주고 그런 수고를 해? 가든지 말든지 정말로 신경을 안 쓰는 사람이라면 "어 그래 가." 끝이지 뭐. 그걸로. 이것이 마치 아리랑에 나타나 있는 정서랑 거의 흡사하다, 이 말입니다.

아리랑에서 뭐라고 합니까? 나를 버리고 가시는 임은 십 리도 못 가서 발병난다고 그랬거든요. 한번 생각해 보세요. 10리 같으면 한 4킬로미터 정도 되는데, 먼 길을 떠나는 사람이 길 떠난 후, 한 4킬로미터 정도 가다가 발병이 났어, 발목을 삐었어, 아니면 넘어져서 무릎이 깨져서 피가 철철 흘러, 치료를 받으러 가야 해. 어디로 가야 됩니까? 4킬로미터 간 상황에서, 제일 가까운 데는 떠난 데, 출발점이란 말이에요. 자기 살던 마을. 요즘처럼 병원이나 약국이 흔하지 않았을 테니까. 그렇겠죠? 그러니까 돌아오라는 말을 이따위로 하고 있는 거예요, 지금.

아리랑에서 돌아와 주세요, 라는 말을 돌아오라고 얘기를 안하고, '10리도 못 가서 발병 난다'라고 얘기를 하잖아요. 발병이 나면 오도 가도 못하잖아요? 지금 같으면 아무 데나 가까운 데 정형외과 가서 여기 다쳤는데 좀 봐주세요, 엑스레이 찍어보고 뼈는 이상이 없군요, 인대가 어떻게 됐군요. 이렇게 치료를 받거나 수술을 받으면 간단한데, 옛날 같으면 4킬로미터 가다가 발병이 나면, 문제가 생기면 돌아오는 것밖에는 방법이 없는 거죠, 그것이 가장 최선의 방법이었다는 거예요. 그러니까 돌아오라는 말을 '십 리도 못 가서 발병 난다'는 식으로 하고 있는 것입니다.

이게 한국 여성의, 오래전부터 우리 여성들이 가지고 있었던 굉장히 독특한 이별의 미학입니다. 이런 이별의 미학은 전 세계 어디에도 없을 것입니다. 우리나라에만 있는 거예요. 아마 시적 화자인 이 여성은 사랑하는 사람한테 사랑한다고 이때까지 제대로 말도 못 했을 거예요. 아마 틀림없이 이 여자는. '이 여자'라는 것은 일반화 시켜서 우리들의 어머니 세대, 할머니 세대일 수도 있고 또는 그 이전 조선시대의 여성들일 수도 있겠죠. 한 번도 남편한테 "여보 사랑해."라고 말한 적이 없을 수도 있죠. 사랑하는 사람한테 사랑한다고 말을 못 하니까 답답한 것이 많겠죠? 미워도 밉다고 말하지 못하고, 또는 자기감정을 늘 숨기거나 억누르면서 살아와야만 했으니까 그 마음속에 한이 생길 수밖에 없겠죠. 그래서 그런 정서들이 나타난다는 거예요. 그래서 이런 김소월의 작품들을 두고 민요시라고 말하는 것은 형식적인 면에서도 그렇지만 내용적인 면에서도 우리 민족의 한의 정서와 독특한 이별의 모습을 잘 나타내고 있어서입니다.

'반동형성'이라는 말이 있습니다. 어떤 일이 있을 때 그것을 정면으로 맞닥뜨려서 극복해 나가려는 태도가 아니라 반대로 행동하는 태도를 말합니다. 헤어지는 상황에서 "나 너무 슬퍼. 당신 좀 나랑 있어 주면 안 돼?"라고 말하는 것이 아니라 "그래 가, 갈 테면 가. 그래 잘 가. 오히려 내가 축복해 줄게"라고 말하는 거죠. 이러한 정서는 고려가요에도 나타나지요. 여러분들 잘 아는 고려가요 '가시리'에도 보면 이런 구절이 있습니다. '잡사와

두어리마나난 선하면 아니 올세라'. 즉, 떠나지 말라고 잡아두고 싶지만, 내가 붙잡는 행동이 보기 싫어서 "아이, 이 여자 정말 왜 이래" 할까 봐, '설온 님 보내옵나니 가시는 듯 돌아오쇼셔' 이렇게 말하는 거죠. 슬프게도 님을 보내지만, 가자마자 다시 돌아오십시오. 이런 뜻이잖아요.

그런데 어때요? 진달래꽃과 비교해 볼 때 어떤 차이가 있습니까? 진달래꽃보다는 조금 더 직설적으로 자기감정을 표현하죠? 헤어지고는 있지만, 그리고 잡아두고 싶지만, 당신이 잡아두는 그 행위를 싫어할까 봐 내가 잡지도 못하겠습니다. 빨리 돌아오십시오. 라고 말을 하잖아요. 그래서 고려의 정서와 조선시대의 정서가 이렇게 다르게 나타나기도 합니다.

원래 반어니 역설이니 하는 용어는 서양의 유명한 비평가들이 사용했습니다. 그건 그렇고, 이 작품은 처음부터 끝까지 반어입니다. 아마 전 세계의 어떠한 문학 작품을 살펴보더라도 이「진달래꽃」만큼 철저하게 반어를 잘 사용한 작품은 찾아보기 힘들지 않겠나 싶습니다. 말없이 고이 보내 드리겠다는 말부터 죽어도 눈물 흘리지 않겠다는 말까지 모두가 참이 아닌 진술입니다. 그런데 그 거짓말이 만들어내는 진실된 슬픔이 우리를 감동하게 만듭니다.

참, 중요한 것 하나를 빠트릴 뻔했습니다. 작용—반작용이라는 관점에서 볼 때 20년대 초반의 감상과 그에 대한 반발, 즉 리얼리즘의 경향(KAPF를 중심으로 한 사실주의의 경향)이 모두 서양의 영향을 받은 것이었다면, 김소월, 한용운 등은 서구의 영향을 받지 않은 우리 색깔이 강한 문학운동이었다는 점에서 대단히 중요한 의미가 있습니다. 이는 국민문학파, 민요시 운동 등의 개념과 함께 심화학습이 필요합니다. 이건 다음 기회로 미루기로 합시다. 다만 중요한 것은 우리 근대시 초창기의 '우울과 감상에 대한 반작용'으로서 1920년대의 리얼리즘이 등장한 것이고, 그런 서구 편향적인 문단 풍토에 대한 반작용으로서 김소월의 시가 놓여 있다는 것이지요.

# 2

## 한용운 「님의 침묵」
— 역설의 힘, 여성의 힘, 이것이 외유내강

## 한용운 「님의 침묵」

　님은 갔습니다 아아 사랑하는 나의 님은 갔습니다

　푸른 산빛을 깨치고 단풍나무 숲을 향하여 난 적은 길을 걸어서 차마 떨치고 갔습니다

　황금의 꽃같이 굳고 빛나던 옛 맹서는 차디찬 티끌이 되어서 한숨의 미풍에 날아갔습니다

　날카로운 첫 키스의 추억은 나의 운명의 지침을 돌려 놓고 뒷걸음쳐서 사라졌습니다

　나는 향기로운 님의 말소리에 귀먹고 꽃다운 님의 얼굴에 눈 멀었습니다

　사랑도 사람의 일이라 만날 때에 미리 떠날 것을 염려하고 경계하지 아니한 것은 아니지만 이별은 뜻밖의 일이 되고 놀란 가슴은 새로운 슬픔에 터집니다

　그러나 이별을 쓸데없는 눈물의 원천을 만들고 마는 것은 스스로 사랑을 깨치는 것인 줄 아는 까닭에 걷잡을 수 없는 슬픔의 힘을 옮겨서 새 희망의 정수박이에 들어부었습니다

　우리는 만날 때에 떠날 것을 염려하는 것과 같이 떠날 때에 다시 만날 것을 믿습니다

　아아 님은 갔지마는 나는 님을 보내지 아니하였습니다

　제 곡조를 못 이기는 사랑의 노래는 님의 침묵을 휩싸고 돕니다

한용운의 '님의 침묵'을 같이 한번 봅시다. 우리 시의 초창기 때는 '유파'라고 불릴 수 있는 어떤 큰 흐름들이 있었습니다. 어떤 잡지를 통해서 작품을 발표하는 사람들이라든지 또는 자기들끼리 모여서 우리들끼리 어떤 식의 문학을 해 보자 하는 사람들을 무슨 파, 이렇게 이름 붙이는 것들이 있었는데, 김소월이나 한용운 같은 경우는 그런 유파에 속하지 않는 사람들입니다. 나중에 사람들이, 예를 들어서 김소월 보고 '민요시파'다 그렇게 얘기할 수는 있겠지만, 그것은 그냥 그런 경향을 가졌다는 것뿐이고, 자기 스스로가 다른 사람들하고 함께 모여서 잡지를 낸다든지, 아니면 어떤 특정한 활동을 한다든지, 이런 것들은 안 했다 그 말이에요. 그래서 그런 점을 볼 때, 김소월이나 한용운 같은 경우는 자기 혼자서 어떤 활동을 하면서도 어떤 그런 나름의 독보적인, 우리 문학사에서 어떤 획을 그을 수 있었던 사람들이니까, 상당히 그런 면에서 볼 때 의미 있는 작업을 한 사람들이라고 볼 수 있습니다.

한용운의 시를 이해하는 데 도움이 될 만한 몇 가지를 살펴보도록 합시다. 먼저, 한용운의 직업은 무엇입니까? 승려입니다. 스님은 스님인데, 한용운은 좀 특이한 사람이라고 볼 수 있습니다. 왜 특이한 사람으로 볼 수 있냐면, 그는 결혼을 두 번이나 했고 승려의 결혼을 주장했기 때문입니다. 그러므로 한용운이 말하는 '님'이라는 것, 사랑이라는 것을 전부 고상하게만 해석해야 하는 것은 아니다 그 말이죠. 그러니깐 의도적으로, 이런 걸 의도의 오류라고 하는데, 해석하는 사람이 자꾸만 이런 의도를 가지고 썼을 것이다, 라고 생각하지 말자는 말입니다. 그래서 '님'이라고 하는 것을 해석할 수 있는 폭을 좀 넓게 가지자는 거지요. 이를 조국으로 봐도 좋고, 조국의 해방으로 봐도 좋고, 또 절대자, 부처, 종교적인 진리 그런 것으로 봐도 좋고, 또는 여성, 이성으로 봐도 괜찮다는 것입니다.

다음으로 도움이 될 만한 것은 그의 시에 등장하는 화자의 목소리가 여성의 목소리라는 점입니다. 김소월도 그랬죠, 화자 대부분이 여성이죠. 한용운 시의 화자도 거의 다 여성 화자입니다. 실제 한용운은 키가 굉장히 작았다고 합니다. 몇 센티미터였다 하는 정확한 기록이 없어서 그렇지만, 아마도 한 150 몇 센티미터 정도, 남자 키치고는 굉장히 작은 키잖아요. 그런데 몸은 굉장히 다부지고 단단한 그런 체격이었고 성격은 굉장히 강직했다고 합니다.

실제로 이런 일화도 있죠. 한용운이 살던, 심우장이라는 이름을 붙여놓은 집이 있었습니다. 동네가 성북구였던가 그랬어요. 그 언덕배기에다가 집을 지어놓고 있는데, 주변 사람들이 집 지었다는 얘기를 듣고 찾아가 보니깐, 한겨울인가 그랬는데, 집이 북향이더랍니다. 북향, 남쪽으로 지은 집이 아니고. 이상하잖아요, 남쪽에 산이나 큰 건물이 가리고 있는 것도 아닌데, 왜 집을 이렇게 지어서 냉골 같은 추운 집에서 지내고 계십니까, 난방도 제대로 하지 않고 지내십니까, 그러면서 돈을 마련해서 주었대요. 요즘으로 치면 보일러 한 대 놓고 지내시라고. 그러니깐, 그때 한용운이 했던 말이, 민족이 다 추워서 떨고 있는데 나만 따뜻하게 지낼 수 없다. 그리고 집을 북향으로 지은 이유는 남쪽으로 보고 지으면 앞에 조선총독부 건물이 보여서 꼴 보기 싫어서 총독부 건물을 등지고 앉은 모양으로 지었다는 겁니다. 그러니깐 고집이 굉장히 있었던 사람입니다. 그리고 또 다른 일화도 많이 있죠. 그때가 독립선언서 때문인가, 경찰에 잡혀갔을 때 일본 검사 앞에서 큰 소리 땅땅 쳤다, 오히려 훈계를 했다 그런 얘기도 전하고 있습니다.

그런데 왜 그런 강하고 곧은 성품을 가진 사람의 시에 등장하는 시의 화자는 여성 화자인가, 그게 재미있잖아요. 이 시뿐만 아니고 거의 다 그렇습니다. 「복종」이라는 시를 보면 '남들은 자유를 사랑한다지만 나는 복종을 좋아하여요' 그러거든요. 복종이 좋다, 복종하겠다 하는 정서도 그렇고, '복종을 좋아하여요' 하는 어투도 그렇고, 상당히 여성적이지요. 이런 여성 화자가 많이 등장하는 이유에 대해서는, 심리적으로 볼 때 남성적 태도보다 여성적 태도가 오래 견디는 것에 더 적합하기 때문이라는 설이 있습니다. 남성적 태도로는 싸워야 하잖아요. 맞닥뜨려야 되잖아요. 맞닥뜨리면서 극복해야 하는데, 일본 제국주의라는 거대한 힘이 너무 강해서, 식민지 시대 때 우리 젊은 청년들 개인이 거기에 맞닥뜨려 이겨낼 가능성은 거의 없죠. 그러다 보니, 그냥 참는 것, 피하는 것, 오래 견디는 것, 이것을 선택하게 되는 거죠. 그래서 남성적 태도보다 여성적 태도가 좀 더 많이 등장한다, 이겁니다. 그러니깐 남성적 태도를 가진 사람들, 예를 들어서 이육사, 심훈 같은 이런 시인들이 없지는 않았습니다만, 대체로 일제 강점기 때의 시인 중에서는 남성적 화자보다는 여성적 화자가 더 많이 등장하게 됩니다.

그러면 시를 구체적으로 살펴볼까요? 이 시에서 하는 이야기는 이렇습니다. 님은 갔다, 계속 갔다는 얘기죠. 첫 번째는 '갔습니다', 두 번째는 '떨치고 갔습니다', 세 번째는 '날아갔습니다', 네 번째는 '사라졌습니다', 이렇게 계속 상실감에 대해서 이야기합니다. 부재에 대해서, 님(임이 어법에 맞는 표현입니다만)이 가고 없는 현실에 대해서 이야기합니다. 그다음에 '나는 눈멀었습니다'라고 말합니다. 그만큼, 님이라고 하는 존재는 대단한 존재라는 거죠. 내가 눈이 멀 정도로. 그다음에 또 한 번, 가슴은 새로운 슬픔에 터집니다, 그리고 이 이별의 슬픔이 얼마나 큰 것인지 이야기합니다, 그리고 난 다음, 그러나, But, 슬픔의 힘을 옮겨서 새 희망의 정수박이에 들이부었습니다, 그렇게 말합니다.

오래 전에, 고려대 국문과 김흥규 교수가 썼던 평론 중에 보면, 신춘문예에 당선됐던 '소멸과 생성의 변증법'이라는 제목의 평론이 있습니다. 여기서 뭐라고 그랬냐 하면요, 슬픔의 힘을 옮겨서 새 희망의 정수박이에 들이붓는다고 하잖아요. 슬픔의 힘을 옮겨서 희망으로 바꿔 놓는다는 것. 그런데 님이 지금 있습니까, 없습니까? 없지요. 님이 부재한 현실이지요. 언제 만날지도 알 수가 없다는 말이지요. 그러다 보니깐 이 희망은 시간이 지나면서 점점점점더 슬픔으로 바뀐다는 말이지요. 아, 기다려도 님은 오지 않는구나, 지금 님이 없구나, 나는 혼자구나, 하는 슬픔으로 바뀌게 되겠죠. 그러나 이 슬픔에서 또다시 희망이 생겨나는 거야, 그래도 나는 기다릴 거야, 언젠가는 올 거야, 언젠가는 또다시 사랑을 이룰 수 있을 거야, 라고 생각이 되는 것입니다. 즉 님의 부재라는 소멸의 상황이 역설적으로 희망을 생성해 낸다는 것이지요.

한용운의 「알 수 없어요」라고 하는 시 중에 이런 구절이 나옵니다. '타다 남은 재가 다시 기름이 됩니다'. 타서 없어지는 것은 소멸입니다. 그런데 세상에, 이런 일이 어딨을까요! 타다 남은 재가 어떻게 기름이 될 수 있습니까! 여기서 무엇이 생성되지는 않잖아요.

조금 다른 얘기지만(옆으로 좀 빠집니다), 에너지와 관련한 물리학의 이론 중에 보면, 에너지 역학, 또는 열역학 제1법칙이라는 것이 있어요. 에너지 보존의 법칙입니다. 다시 말해서 에너지는 형태만 바뀔 뿐이지 그 총량은 그대로 있다는 것입니다. 자동차를 봅시다. 자동차가 왼쪽에서 오른쪽으로 1km를 이동했다고 합시다. 그러면 이 자동차가 가지고 있던 연료, 이 자동차가 가지고 있던 에너지가, 거리를 이동하게 하는 운동에너지로 바뀐 거겠죠. 휘발유가 연소하면서 불이 붙어서 열에너지로 바뀌게 되고, 열에너지의 폭발력으로 인해서 운동에너지로 바뀌게 된 거죠. 그래서 형태만 바뀌었을 뿐이지, 그 에너지의 총량은 똑같다, 하는 것이 에너지 보존의 법칙입니다. 아침에 먹은 밥 속에 있던 칼로리가 형태만 바뀌었을 뿐이지, 몸속에 들어가서, 몸을 움직이는 에너지로 쓰이고, 옆구리에 살로 좀 붙고, 응가로 배출하고 하는 이런 식으로 모양만 바뀌었을 뿐이지, 그것이 원래 가지고 있던 칼로리가 그대로 어떤 에너지로 사용되거나 변형된다는 그 말입니다.

그런데 열역학 제2법칙은, 이 과정에서 생겨난 에너지들은 본래의 상태로 돌릴 수 없다는 겁니다. 다른 말로 엔트로피 이론이라고 합니다. 앞에서 자동차를 움직인 이 휘발유를 다시, 운동에너지로 바뀐 것을 다시 휘발유로 바꿀 수 없잖아요. 차를 다시 뒤로 백 시킨다고 해서 다시 휘발유가 생기는 것이 아니잖아요. 이것을 다시 원래 상태로 돌리려면 새로운 에너지가 필요할 뿐이지, 다시 휘발유가 생겨나는 게 아니란 말입니다. 즉, 지구상에 존재하는 에너지가 점점 없어지기만 하지 다시 생겨나지는 않는다는 거죠.

일반적으로 쓰는 화석에너지, 석유, 석탄 등은 쓰면 쓸수록 없어지기만 하지, 다시 생겨나지는 않습니다. 그 과정에서, 그러니까 휘발유를 열에너지로, 운동에너지로 변환시킬 때 생겨나는 열이 있죠. 자동차에서 열이 나오고 이산화탄소가 나오고 매연이 나오죠. 그러면 이것은 어디로 갈까요? 지구에 그대로 쌓인다는 거죠. 그래서 그것이 지구온난화를 가지고 오게 되고, 환경오염을 가져옵니다. 그래서 결국 에너지는 쓰면 쓸수록 더 이상 쓸 건 없어지게 되고, 더 이상 쓸모없는 에너지, 쓰레기 상태의 에너지는 많아지게 됩니다. 그래서 거기서 발생한 열(이런 것들은 점점 증가하게 된다)로 인해 필연적으로 지구는 환경 재앙을 맞을 수밖에 없게 된다, 이겁니다. 이게 엔트로피 이론입니다. (무슨 문학 이야기가 이렇노?) 그래서 방법은 뭡니까? 아껴 쓰면 되지, 아껴 쓰면 오염의 속도를 조금씩 줄일 수는 있다는 거죠. 그 시기를 늦출 수는 있다는 거지요. 그러면서 동시에 화석연료 대신에 다른 연료를 개발해야 하겠죠. 계속 사용해도 되는 태양열, 풍력, 이런 것을 개발해야 한다고 이야기합니다.

잠시 이야기가 다른 쪽으로 샜는데, 열역학 제2법칙에 의하면, 기름은 재가 되지만 당연히, 재는 기름이 될 수가 없다는 말을 장황히 했습니다. 그런데 이게 한용운 시에서는 가능한 거라, 타고 나면 재가 다시 기름이 됩니다, 왜? 끝나면 안 되니깐. 만약에 이것이 끝이라면, 기름이 재가 되고, 모든 게 끝나버린다면, 더 이상, 희망이 없잖아요. 지금 님이 부재한 상태인데, 사랑하는 사람이 지금 나를 떠나갔어요, 그러고는 언제 돌아올지 알 수가 없는데, 그걸로 끝이라면, 살아갈 희망이 없잖아요. 그래서 이런 마치 불교의 윤회와도 같은, 이런 사상이 나올 수밖에 없는 거지요. 이것이 앞서 말한 '소멸과 생성의 변증법'이라는 것입니다.

타고 남은 재가 다시 기름이 되고, 슬픔이 다시 희망이 되고, 그래서 계속해서 기다리게 되는, 희망을 갖고, 끊임없이 님을 기다리게 되는 그런 상황이 만들어지게 되는 것입니다. 이거 정말 기가 막힌 역설이잖아요? 역설이라는 게 뭡니까? 앞뒤가 안 맞는 것, 논리적으로 말이 안 되는 것이잖아요? 그게 한용운 시의 핵심이라는 것이지요.

그래서 또 이런 말도 합니다. '만날 때 떠날 것을 염려하는 것과 같이 떠날 때에 다시 만날 것을 믿습니다', 만나면 헤어지게 되어 있다, 이것을 한자로 뭐라고 합니까? 회자정리(會者定離), 반대로 그러면, 간 사람은 돌아오게 되어 있다, 거자필반(去者必反)과 같은 사상이 여기에 포함되어 있습니다. 그래서 떠난 사람을 다시 만날 것을 믿는다고 말하는 것이 전혀 이상하지 않은 것입니다. 만남과 헤어짐이 하나로 이어져 있는 것이고, 소멸과 생성이 하나로 이어져 있다는 불교적 윤회의 사상, 이러한 역설이 한용운 시의 핵심을 이룰 수밖에 없는 것은 현실의 암담함을 극복하려는 자연스러운 현상이라 할 것입니다. 그가 승려였다는 사실도 그런 사상을 낳게 한 바탕이었으리라 쉽게 추측해 보게 합니다.

'아아, 님은 갔지마는 나는 님을 보내지 아니하였습니다'라는 이 아홉 번째 행이 재밌습니다. 이 시 전체의 핵심이기도 합니다. 아홉 번째 맨 앞에, '아아'라는 감탄사가 나옵니다. 무엇에 쓰기 위해서죠? 이는 향가 중에서도 10구체 향가의 형식을 본뜬 것입니다. 향가는 2구체, 4구체, 8구체, 10구체 향가가 순서대로 발전했는데 원래, 옛날 노래는 두 줄짜리 노래였을 거예요. 그것이 좀 더 발전한 게 4구체, 네 줄짜리입니다. 그것이 좀 더 발전한 게, 또 두 배가 되어서 여덟 줄짜리가 됩니다. 그런데 여기에 여덟 줄짜리에 또 두 줄이 더 붙습니다. '아아' 하는 감탄사, 향가에서 감탄사를 뭐라고 그러지요? 낙구, 격구라고 합니다. 이것에 해당하는 게 붙어서 아홉째 행이 만들어집니다. 그리고 플러스, 정말 그렇게 되게 해 주십시오, 정말 기도합니다, 이런 내용의 한마디가 더 붙어서 열 줄이 됐단 말이에요. 그것과 마찬가지로 님의 침묵도 그렇게 10행으로 되어 있다는 거죠.

한용운이 승려였다는 사실, 그리고 1920년대 당시가, 우리 것, 우리 문학에 대한, 관심이 시작되고 있었다는 사실을 상기

해 보면 이는 다분히 의도적으로 향가를 모방한 것이 아닌가 하는 심증을 굳게 해 줍니다.

사실 향가 같은 것도 우리가 먼저 연구했던 것이 아니었습니다. 향가를 먼저 연구한 것은 일본학자들입니다. 일본학자들이 연구한 것을 보고, 양주동 같은 사람이(본래 그분은 영문학 연구하던 사람이었는데) '기분 나쁘다, 왜 일본 놈들이 우리 것을 우리보다 앞서 연구하게 놔둬야 하나.' 그래서 그때부터 전공을 바꿔 향가 연구를 하기 시작한 겁니다. 그래서 『향가 연구』 같은 훌륭한 저작들을 남겨놓게 되는데, 아마 그러한 영향을 받아서 한용운도 향가 공부를 좀 하지 않았나 하는 이런 짐작을 해 볼 수 있습니다. 그래서 님의 침묵도 열 줄짜리로 되어 있고, 아홉 번째 줄 맨 앞에 '아아' 감탄사가 들어갔다는 그런 형식적인 공통점이 있는 것 같아요. 결국 향가도 신라시대 때 불교 문학이고, 한용운도 승려였고, 그런 점에서 한용운의 시와 향가는 꽤 많은 공통점이 있습니다.

**3**

# 이상화 「나의 침실로」

— 퇴폐적인, 그렇지 않은

## 이상화 「나의 침실로」

—— 가장 아름답고 오랜 것은 꿈 속에서만 있어라 —— 내 말

「마돈나」 지금은 밤도 모든 목거지에 다니노라 피곤하여 돌아가려는
도다,
　아, 너도, 먼동이 트기 전으로 수밀도의 네 가슴에 이슬이 맺도록 달려
오너라.

「마돈나」 오려무나, 네 집에서 눈으로 유전하던 진주는 다 두고 몸만 오
너라,
　빨리 가자, 우리는 밝음이 오면 어딘지 모르게 숨는 두 별이어라.

「마돈나」 구석지고도 어둔 마음의 거리에서 나는 두려워 떨며 기다리
노라,
　아, 어느덧 첫 닭이 울고 뭇 개가 짖도다, 나의 아씨여, 너도 듣느냐.

「마돈나」 지난 밤이 새도록 내 손수 닦아둔 침실로 가자, 침실로!
　낡은 달은 빠지려는데 내 귀가 듣는 발자국 —— 오, 너의 것이냐?

「마돈나」 짧은 심지를 더우잡고 눈물도 없이 하소연하는 내 맘의 촛불
을 봐라,
　양털 같은 바람결에도 질식이 되어 얄푸른 연기로 꺼지려는도다.

「마돈나」 오너라 가자, 앞산 그르매가 도깨비처럼 발도 없이 이곳 가까이 오도다,

　아, 행여나 누가 볼는지──가슴이 뛰누나, 나의 아씨여, 너를 부른다.

「마돈나」 날이 새련다, 빨리 오려무나, 사원의 쇠북이 우리를 비웃기 전에

　이 네 손이 내 목을 안아라, 우리도 이 밤과 같이 오랜 나라로 가고 말자.

「마돈나」 뉘우침과 두려움의 외나무다리 건너 있는 내 침실 열 이도 없느니!

　아, 바람이 불도다, 그와 같이 가볍게 오려무나, 나의 아씨여, 네가 오느냐?

「마돈나」 가엾어라, 나는 미치고 말았는가, 없는 소리를 내 귀가 들음은,

　내 몸에 피란 피──가슴의 샘이 말라버린 듯 마음과 목이 타려는도다.

「마돈나」 언젠들 안 갈 수 있으랴, 갈 테면 우리가 가자, 끄을려가지 말고!

　너는 내 말을 믿는 「마리아」──내 침실이 부활의 동굴임을 네야알련만……

「마돈나」 밤이 주는 꿈, 우리가 얽는 꿈, 사람이 안고 궁그는 목숨의 꿈이 다르지 않으니,

아, 어린애 가슴처럼 세월 모르는 나의 침실로 가자, 아름답고 오랜 거기로.

「마돈나」 별들의 웃음도 흐려지려 하고, 어둔 밤 물결도 잦아지려는 도다,
아, 안개가 사라지기 전으로 네가 와야지, 나의 아씨여, 너를 부른다.

1920년대를 지칭하는 여러 말들 중에 '백조파'라는 용어가 있습니다. '백조'라는 말은 '흰 백(白)' 자에, '물결 조(潮)' 자입니다. 흰 물결, White wave라는 이름을 걸고 몇몇 젊은이들이 문학 잡지를 만듭니다. 이 『백조』라는 잡지가 보여주었던 경향이 퇴폐, 감상 그런 것이었어요. 그래서 잡지 『백조』로 대표되는 이 당시의 경향을 두고 '백조파'라고 하고, '퇴폐적' 또는 '감상적'이라는 말을 앞에 붙여 감상적 낭만주의, 퇴폐적 낭만주의, 이렇게 말합니다. 먼저 용어부터 잠시 살펴보면, '백조'라는 것은 아까 말한 것처럼 '흰 물결'이라는 거예요. 그래서 자기들, 즉 이 백조를 중심으로 활동했던 사람들이 생각하기에, 지금까지의 세상의 물결, 문학사의 물결이 칙칙했단 말이에요. 그래서 자기들은 산뜻하게 해 보고자 했던 거지요. 그러나 그들 역시 어둡고 칙칙하긴 마찬가지였죠. 어쨌든 자기들 나름대로 새로운 경향이라는 것을 나타내기 위해서 '백조'라는 이름을 썼다고 볼 수 있습니다.

지금 우리는 '낭만'이라는 말을 그대로 씁니다. 그런데 원래

이 '낭만'이라는 말은 국적이 좀 불분명한 말입니다. 우리나라 말도 아니고 한자도 아니고 일본말도 아닙니다. 왜 그런가 하면 로맨티시즘이라고 할 때의 Roman, 로망이라는 말을 일본이나 중국이 자기들 나름대로 각자 표기를 하다 보니까, 일본 사람들이 이것을, '浪漫' 이렇게 쓰고 자기들 식으로(일본식으로) '로만' 이렇게 발음합니다. 그런데 우리도 한자를 쓰니까 이것을 우리 식으로 읽으면 '낭만'이 되는 거예요. 즉 우리가 읽는 이 '낭만'은 일본 사람들이 만들어 자기들 식으로 원래의 이 영어 표기처럼 '로만'이라고 읽은 것을 우리는 우리가 한자를 읽는 식으로 '낭만' 이라고 읽은 거죠. 그러니까 이 '낭만'이라는 글자가 가지는 뜻 이나 발음하고 원래의 Roman, 로맨티시즘이라는 것과는 전혀 상관이 없는, 이상하게 만들어진 단어입니다.

그런데 이것을 어떤 학자들은 이 말 자체가 국적도 불분명하 고 특히 일본 사람들이 만든 것이고 원래의 Roman이라는 말과 발음도 맞지 않고 하니 그냥 '로만'이라고 쓰자. 원어에 가깝게. 그래서 '낭만주의라고 하지 말고, 로만주의라고 하자' 이렇게 주 장하는 학자들도 있었습니다만, 말이라는 것이 그렇잖아요. 많 은 사람이 자꾸 쓰다 보면 그게 그냥 굳어버리는 거거든요. 새 로운 말이 되어버리는 거죠. 그래서 지금 와서는 이 단어를 없애고, 새로운 단어로 대체하기가 쉽지 않을 것 같습니다. 그래서 우리도 그냥 '낭만'이라고 쓰기로 합니다.

이때의 퇴폐적이고, 감상적인 낭만주의라는 것은 꿈꾸는 겁니다. 때로는 건강한 꿈을 꾸기도 하고, 때로는 좀 어두운 꿈을 꾸기도 하는데, 뭔가를 꿈꾸는 것, 환상 속에 사로잡혀 있는 것, 이런 것들이 다 낭만주의 문학의 대표적인 경향입니다. 그중에 이 이상화라는 사람은, 좀 재밌는 사람입니다. 어떤 면에서 재밌느냐 하면, 이상화 작품의 초기 경향과 후기의 경향이 완전히 다르기 때문입니다. 좀 다른 것이 아니고 완전히 다릅니다. 여기 실려 있는 「나의 침실로」 같은 작품이 보여주는 경향은 대단히 퇴폐적이고 건강하지 못한 초기 낭만주의 모습입니다. 그러던 사람이 1925년 이후에 보여주는 작품들은 상당히 건강합니다. 건강한 낭만주의로 바뀌게 된 것이지요. 그리고 초기에는 마돈나 어쩌구 하면서 서구적인 것을 쫓는 경향이 있는데 후기에는 서구 지향의 모습도 거의 보이지 않습니다. 그런 점에서 이 사람은 특이한 사람이죠. 왜 이렇게 되었을까요?

아마도 그것은 사상적인 이유 때문인 것 같아요. 1925년을 기점으로 그 이전에는 사회주의 사상이라는 것이 우리나라에 유행하기 전이고, 1925년이 되면서 사회주의 사상이 우리나라를 휩쓸게 됩니다. 미국도 그랬고, 일본도 그랬습니다. 이런 사상적 유행도 역시 일본을 통해서 수입이 되면서 젊은 지식인들이 완전히 바뀌게 됩니다. 그 정도라는 것은 확, 완전히, 해까닥, 좀 천박한 표현으로 해까닥 돌아버립니다. 우울하게 식민지적 감상과 우울 속에 갇혀 있던 조선 사람들이 사회주의 사상을 읽고 들으면서 완전히 달라져 버린 것이죠. 이거야말로, 우리를, 나를, 우리 민족을 구원해 줄 수 있겠구나, 하는 어떤 희망의 빛을 발견하게 된 것이지요. 그렇다고 이상화가 사회주의자였다고 말하기는 어렵죠. 그가 사회주의자였다는 기록이나 어떤 사회주의 활동을 활발하게 했다는 기록은 없습니다. 그렇지만 그런 시대적인 분위기와 마찬가지로 이상화의 시도 상당히 많이 바뀌게 됩니다. 여러분들이 한 번쯤 봤을 작품 중에, 「빼앗긴 들에도 봄은 오는가」같은 작품이 후기 작품에 속하게 되는데 제목만 봐도 그렇잖아요. 빼앗긴 들에도 봄은 오는가, 멋있지요. 게다가

'나비 제비야 깝치지 마라 맨드라미 들마꽃에도 인사를 해야지.
아주까리 기름 바른 이가 지심 매던 그 들이라 다 보고 싶다'

이와 같이 사용하는 용어도 굉장히 토속적이고, 정서도 건강

하고 그렇거든요.

그와 비교해서 그보다 일찍이 있었던, 「나의 침실로」는 도대체 왜 퇴폐적이다, 감상적이다, 건강하지 못하다 하는 평가를 받는지 살펴보도록 합시다. 그리고 정말로 퇴폐적이고 감상적이기만 했는지 살펴봅시다. 그것을 통해서 20년대 초반 우리 지식인들의 분위기가 어떠했는지도 확인해 볼 수 있을 것입니다.

이 시는 이렇게 읽으면 좀 재밌습니다. 마치 미로에서 출구를 찾아 나가는 것과 같은, 또는 어떤 수수께끼의 열쇠를 찾는 것과 같은 식으로 이 시를 읽으면 좀 더 재미있게 이 시를 해석해 낼 수 있습니다. 먼저 맨 앞을 보세요. 제목을 보세요. '나의 침실로'죠? 나의 침실로, 그렇다면 과연, 이 침실이라는 곳이 어떤 곳이냐? 어떤 곳이길래, 나의 침실로 가자고 하는지를 알아봅시다. 두 번째로, 부제가 붙어있기를, '가장 아름답고 오랜 것은 꿈 속에서만 있어라 -- 내 말' 이렇게 해놓았습니다. 과연 그렇다면 가장 아름답고 오랜 것, 그리고 자기 꿈 속에만 있다는 이것이 뭔지를 찾아보자는 거지요. 한번 봅시다. 그걸 염두에 두고, 작품을 봅시다.

먼저, 표현이 좀 야합니다. 가령 두 번째 행에서 '수밀도의 내 가슴에 이슬이 맺도록 달려오너라.' 그랬거든요. 이런 표현들이 당시 1920년대라는 시대적인 배경을 생각해 본다면 상당히 야한 표현이라고 볼 수 있습니다. 왜냐하면 한자로 살짝 포장해 놓으니까 별것 아니라고 생각할 수 있으나, 수밀도水蜜桃라는 것이 뭡니까? 꿀물이 흐르는 복숭아잖아요. 여자의 가슴을 보고, 마돈나라는 여자 가슴을 보고 꿀물이 흐르는 복숭아라고 했으니 대단히 야한 표현입니다. 동양이나 서양이나 '복숭아'라는 것, 영어로 peach는 성적인 상징으로, 아주 오래전부터 사용이 되었거든요. 아, 알 만한 사람은 알잖아요. 그 생긴 모양이나, 싱싱한 과육, 사람의 피부색 같기도 한 발그스름한 분홍색, 이런 여러 가지가 복숭아를 성적 상징으로 생각하게 했던 것 같습니다, 동양이나 서양이나 다 마찬가지입니다. 그것도, 그냥 복숭아도 아니고, 꿀물이 흐르는 복숭아 같은 가슴을 가진 여자를 보고 빨리 달려오너라. 그런단 말입니다.

그리고 침실은 또 어떤가요? 첫째, 내 손수 닦아둔 곳입니다. 그만큼 내가 아주 정성스럽게 준비했다는 것이지요. 8연에 보면 '뉘우침과 두려움의 외나무다리 건너 있는'이라는 표현이 있습니다. 뉘우침과 두려움의 외나무다리가 있고, 이 외나무다리를 건너 저쪽에 뚝 떨어져 있다는 거죠. 그러니까 뉘우침과 두려움, 이런 것이 없는 곳이다, 그렇게 볼 수 있습니다. 그다음으로

10연에서 이 침실은 무엇이라 했습니까? 부활의 동굴이라고 했지요. 혹자들은 이 시를 두고 자살 충동이 나타나 있다고 해석합니다. 마광수 교수 같은 경우가 대표적이지요. 그러나 이 시를 그렇게 보아서는 안 됩니다. 이 침실은 죽음의 공간이 아니라 부활의 공간입니다. 즉, 현실이 죽음의 공간이고, 현실을 벗어나 침실이라는 공간으로 넘어가게 되면 거기서는 되살아난다는 것이죠.

이 화자는 이 세상이 싫은 거예요. 이 세상 속에 섞여서 세상과 함께 무엇을 하고 세상과 함께 거기서 무얼 이루고자 하는 것이 아니고, 여기서는 자기 뜻대로 안 되니까, 여기서는 사랑도 안 되고, 여기서는 출세도 안 되고, 여기서는 세상이 자기를 알아주지도 인정해 주지도 않고 하니까, 여기는 더럽고 어둡고 추하고 악하니까, 여기 말고 다른 곳에 가서 우리끼리만 사랑을 나누자, 우리끼리만 새로운 생명을 얻어 보자, 그렇게 말하는 거죠. 그런 점에서 볼 때, 대단히 현실 도피적이라는 거예요.

그러니까 건강하지 못하다는 것이 단순히 수밀도의 젖가슴을 가진 여자를 부르며, 오너라, 나하고 둘이서만 숨어서 사랑을 나누자, 그런 점에서 퇴폐적이라는 것이 아니라, 그것보다도 더 문제가 되는 것은, 현실 속에서 현실의 문제를 극복하고 해결하려고 하는 것이 아니고, 현실을 등지고, 현실과는 뚝 동떨어진, 뉘우침과 외나무다리 건너에 있는 현실과는 전혀 상관이 없는 공간에 가서 거기서만 우리끼리 한번 살아보자, 우리끼리 사랑을 나누자는 거예요. 왜? 세상하고 나하고는 맞지 않으니까 그렇게 말하는 거죠.

그런 점에서 이 시는 퇴폐적이고 감상적이고 현실 도피적인 낭만주의라고 볼 수 있다는 거죠. 이런 태도로는 세상이 더 나아질 리 없지만 식민지 시대 우리 지식인들은, 적어도 사회주의 사상과 조우하기 전까지는 세상을 변화시킬 힘이 없었거나 부족했던 거죠. 마치 백석 같은 시인이, 시 「나와 나타샤와 흰 당나귀」 같은 시에서 눈이 펑펑 내리는 날 나타샤를 기다리고 있단 말이에요. 이 사람이 꿈꾸듯이 '나타샤하고 흰 당나귀하고 같이 산골에 가서 우리끼리 살자, 세상 같은 것은, 세상에 져서 내가 버리는 것이 아니라 세상이 더러워서 내가 버리는 거다' 이렇게 생각했던 것과도 같은 거죠.

「나의 침실로」 속에서 화자가 서구의 여자 마돈나를 찾고 젖가슴을 운운하고, 침실로 가자고 하는 것이 문제가 되는 것이 아닙니다. 그것보다는 이 세상과 화합할 수 없는 젊은 지식인들이 결국은 세상을 등지려고 한다는 데에서 별로 건강하지 못한 정서를 발견할 수 있다는 것이지요. 그래서 단지 표현이 야하다는 것, 여자랑 둘이 사랑을 나누겠다는 정서, 이것이 문제가 아니라 자꾸만 현실로부터 벗어나고자 한다는 데서 문제가 있다는 것입니다.

1920년대 초반, 이 당시에 다른 시인들의 시에서도 이런 '밀실'의 이미지가 자주 등장합니다. 이 시에서는 '침실'이죠? 월탄 박종화라는 시인이 쓴 시에 보면 「밀실로 돌아가다」가 있습니다. 여기서는 밀실이 나오죠. 박영희의 「월광으로 짠 병실」에서는 병실의 이미지가 나오죠. 이런 침실, 병실, 밀실, 동굴과 같은 폐쇄된 이미지가 등장한다는 것은 자기만의 장소에 있고 싶다는 것, 세상과 접촉하고 싶지 않다는 것을 의미합니다. 스스로 단절되기를 원하는 거죠. 이런 공간들이 꽤 많이 등장합니다. 그것이 바로 당시의 우리 문학, 또는 우리 문인들이 세상을 대하는 태도 중의 하나였다고 볼 수 있는 것이죠.

다음을 봅시다. '아 어린애 가슴처럼 세월 모르는 나의 침실로 가자'라고 했습니다. '아 어린애 가슴처럼 세월 모르는 곳'이 침실이라 그랬습니다. 그리고 또 덧붙여서 뭐라고 그랬습니까? '아름답고 오랜 거기로.' 아름답고 오랜 거기입니다. 이쯤까지만 먼저 정리해 보면, 침실의 의미가 대충 드러납니다. 그렇습니다.

침실은 손수 닦아서 내가 아주 정성스럽게 준비해 둔 곳이다, 세상과는 동떨어진 곳이다, 뉘우침도 두려움도 외나무다리 건너에 있는, 그리고 그곳은 내가 새로운 생명을 얻을 수 있는 곳이다, 부활의 동굴이다, 그리고 또 순수함이 있는 곳이다, 어린애 같은 곳이다, 그리고 또 그 꿈을, 즉 침실에 대한 생각을 오랫동안 해왔다, 그 아름다운 꿈을 오랫동안 꾸어왔다. 이 정도로 정리가 가능합니다.

그렇다면 이 꿈은 도대체 어떤 꿈인가요? 아까 처음에, 가장 아름답고 오랜 것은 꿈 속에만 있다고 말했습니다. 여기서 실마리를 이렇게 한번 이어 가 봅시다. 아름답고 오랜 거기가 침실이라고 했는데, 이 아름답고 오랜 거기는 꿈 속에만 있는 공간이다, 그랬죠? 그러면 도대체 이 꿈은 어떤 꿈이죠? 꿈 얘기 나오는 부분 있죠? 11연입니다. 여기서 꿈에 대한 단서가 세 번 나옵니다. 첫 번째가 '밤이 주는 꿈'이고, 두 번째는 '우리가 얽는 꿈'이고, 세 번째는 '사람이 안고 궁그는 목숨의 꿈'이라고 그랬습니다.

현실이 밤이니까 꿈을 꾸는 거죠. 그렇죠? 현실이 다 만족스럽다면 꿈같은 건 안 꾸죠. 현실이 어둡고, 밤이고 그러니까 밝은 세상이 왔으면 좋겠다는 꿈을 꾸고, 더 좋은 것을 꿈꾸게 되는 것이죠. 그래서 '밤이 주는 꿈'. 이 말은, 단지 물리적인 시간적 의미로서 밤이라기보다는 현실이 밤이니까, 이 밤에서 벗어나서 좀 더 밝은 세상이 왔으면 좋겠다, 아침이 왔으면 좋겠다, 하는 꿈을 꿀 수밖에 없다는 의미로 읽힙니다. 그런 점에서 밤이 주는 꿈이라고 할 수 있고, 두 번째는 우리가 얽는 꿈이라고 했는데요, 자기 혼자서가 아니라 우리가 함께 만들어가는 꿈이라고 했습니다. 그래서 이 꿈의 의미를 단순히 한 개인이 어떤 아름다운 여인과 침실에서 사랑을 나누겠다, 하는 정도가 아니라 좀 더 사회적인 차원에까지 확대해석해도 되지 않겠나 하는 생각을 해 볼 수 있습니다.

그것이 바로 세 번째의 꿈에 관한 진술에서 그대로 나타납니다. 사람이 안고 궁그는 목숨의 꿈. 목숨의 꿈이라잖아요. 사람이 함께 서로 안고 뒹굴면서 살아가는 그런 목숨의 꿈이라는 거예요. 죽음의 꿈이 아니라, 그러기 때문에 부활의 동굴이라는 말의 의미도 좀 더 분명해질 수 있는 거죠. 그래서 현실이 밤이고, 현실이 죽음과 같으니까 이 밤과 같고 죽음과 같은 현실에서 벗어나서 새로운 생명을 얻을 수 있는 부활의 동굴로 가고 싶다, 거기서 우리가, 사람들이, 안고 뒹굴면서 함께 새로운 생명, 새로운 삶을 만들어 나가보자, 라는 거죠.

그러면 「나의 침실로」라는 이 시의 의미가 좀 더 구체화 되었다고 봅니다. 구체화 되었다는 것은, 여기서 침실로 가자는 것이 마돈나와의 육체적 사랑을 의미하는 것이 아니라, 우리 모두가 죽음과 같은, 밤과 같은 현실에서 벗어나서, 새로운 생명을 느끼고 살아갈 수 있는 세상으로 한번 가보자는 꿈을 표현한 것이라고 볼 수 있겠다는 뜻입니다.

　　이는 뒤집어 얘기하면, 이상화의, 또는 당시의 많은 지식인들의 현실에 대한 인식이 바로 이러했다는 것입니다. 바로 이런 식으로 현실을 어두운 것, 부정적인 것, 도피해야 할 대상, 내 꿈을 이루지 못하는 곳이라고 생각했다는 거지요. 그래서 자꾸만 현실이 아닌 다른 곳에서 자기의 꿈을 이루려고 했다는 것입니다. 만약에 이런 생각들이 현실과 타협하면서 현실 속에서 이 현실을 극복하려는 노력으로 나타났다면 좀 더 좋았을 텐데 아직은 그런 정도의 자아 성숙이나, 사회와 자아를 조화시켜 나가는 능력은 부족했다고 볼 수 있는 것이지요. 그래서 우리 문학사에서는 조금 더 시간이 지나서 20년대 중반이 넘어가야 자아와 사회를 조화시키려는 어떤 균형감 같은 것이 보이기 시작합니다. 그 전까지의 문학 작품에는 그런 균형감이 나타나는 작품은 좀 드문 것 같아요.

# 정지용 「카페 프란스」

— 이미, 1920년대의 모더니즘

## 정지용 「카페 프란스」

옮겨다 심은 종려나무 밑에
빗두루 슨 장명등
카페 프란스에 가자.

이놈은 루바쉬카
또 한 놈은 보헤미안 넥타이
뺏적 마른 놈이 앞장을 섰다.

밤비는 뱀눈처럼 가는데
페이브멘트에 흐늘기는 불빛
카페 프란스에 가자.

이놈은 머리는 빗두른 능금
또 한 놈의 심장은 벌레 먹은 장미
제비처럼 젖은 놈이 뛰어간다.

　　＊ ＊ ＊

"오오 패롤(앵무) 서방! 굿이브닝!"

"굿이브닝!" (이 친구 어떠하시오?)

울금향 아가씨는 이 밤에도
갱사 커―튼 밑에서 조시는구료!

나는 자작의 아들도 아모것도 아니란다.
남달리 손이 희여서 슬프구나!

나는 나라도 집도 없단다.
대리석 테이블에 닿는 내 뺨이 슬프구나!

오오, 이국종 강아지야
내 발을 빨어다오.
내 발을 빨어다오.

다음으로 「카페 프란스」를 봅시다. 시인의 약력을 찾아보면, 정지용, 1902년에 태어나서 미상, 이렇게 되어 있는데, 미상이라고 되어 있는 이유가 뭘까요? 그렇지요. 월북했기 때문에 그 이후의 행적을 알 수 없어서 그렇습니다. 정지용이 월북했는지 납북되었는지는 불분명합니다. 월북은 자기 스스로 간 거고 납북은 납치되어 간 건데… 내가 보기에는 월북입니다. 월북으로 봐야 합니다. 여기에 대해서 사실 좀 민감한 것이, 납북되어서 간 것이면 아 안됐다, 안타깝다, 이렇게 봐 지고, 월북해서 갔으면 에잇 나쁜 놈 공산주의를 선택하다니, 이렇게 생각해 온 면이 없잖아 있었습니다. 또 반공을 국시로 삼는 그런 정권 아래에서 월북 작가의 가족이나 친척이라면 여러 가지로 제제가 많았겠지요? 그 가족이나 친지들은 취직도 잘 안되고 여러 불이익을 받았을 겁니다. 그래서 가족들도 일부러 월북 아니라 납북이라고 주장했을 겁니다. 그런데 정지용의 해방 이후의 여러 행적이나 발언들로 미루어 볼 때, 납북보다는 월북일 가능성이 큽니다. 요즘은 아마 월북 이후의 행적도 많이 밝혀져 있을 겁니다. 조금만 관심을 갖고 찾아보면 다 알 수 있을 것입니다(1950년 9월 25일 미군 폭격에 의해 사망했다는 설 — 조선대백과사전, 인민군 문화공작대 일원으로 낙동강 전투에 참여했다 유엔군 포로로 잡혀 거제도 포로수용소에 4년간 있다가 1953년 북행을 선택했다는 설 등이 있다).

그런데 재밌는 것이 뭐냐면, 재미있다기보다 좀 특이한 것이, 일본 도우지샤(同志社) 대학 졸업이라고 되어 있는데 이 학교가 우리 문학사와 관계가 있잖아요. 윤동주가 또 여기를 다녔잖아요, 졸업은 못 했지만. 다니다가 경찰에 체포되어서 졸업은 못 했지요. 윤동주 이전에 정지용이 이 학교에 다녔으니 이 도우지샤라는 대학이 우리하고 좀 인연이 많습니다.

정지용은 1926년에 「카페 프란스」 등을 발표하면서 작품 활동을 시작했다고 합니다. 또 모더니즘 시의 선구자라고도 하고, 가톨릭 신앙에 기초한 신앙 시를 썼다고도 하고, 동양적 관조와 은일의 세계, 노장사상의 세계를 추구했다고도 합니다. 이렇게 일반적으로 정지용 시에 대해 세 가지 정도의 경향을 말합니다. 여기에다 한 가지를 덧붙인다면, 동시 풍의 작품 경향들을 덧붙일 수 있습니다. 여러분의 잘 아는 작품 중에 뭐가 있습니까? 동시 비슷한 것, 짧으면서 아주 괜찮은 시들이 있습니다. 「유리창」이라고요? 그건 아닙니다. 애가 죽었는데 무슨 동시입니까?

자식이 죽어서 슬픈데. 그것 말고, 「호수」, 생각납니까? '얼굴 하나야/ 손바닥 둘로/ 폭 가리지만/ 보고 싶은 마음/ 호수만 하니/ 눈 감을 밖에' 이렇게 아주 짧으면서 명료한, 그리고 쉬운 언어들을 사용한 동시 풍의 작품 경향이 정지용 시 중에서 상당히 성공적인 작품들로 볼 수 있습니다. 그래서 그것까지를 포함하면 네 가지 정도의 작품 경향으로 나눌 수 있습니다. 좀 더 구체적으로 정지용 시의 경향을 살펴볼까요?

먼저 첫 번째, '모더니즘 시의 선구자다'라고들 말하는데, 바로 이 시기를 대표하는 작품이 이 「카페 프란스」 같은 작품입니다. 모더니즘 시를 쓴 이 시기에 섞여서 나온 작품 중에 어떤 것이 있냐 하면, 전통적인 우리 서정을 노래한 작품들, 「향수」 같은 작품들이 있지요. '넓은 벌 동쪽 끝으로 옛이야기 지줄대는/ 실개천이 회돌아 나가고 얼룩백이 황소가/ 해설피 금빛 게으른 울음을 우는 곳/ 그곳이 참하 꿈엔들 잊힐리야' 하는 작품, 잘 알죠? 이게 같이 나온단 말이에요. 또 비슷한 풍의 작품으로 「고향」이 있습니다. '고향에 고향에 돌아와도/ 그리던 고향은 아니더뇨' 하는 작품입니다. 왜 그럴까요? 서구풍의 이미지즘 시에 속하는 모더니즘 시하고, 이런 동양적이고 전통적인 시가 같은 시기에 어떻게 나올까요? 그 이유는 일본 유학을 가서 보았던,

거기서 느끼는 이국적인 정조와, 동시에 고향을 그리워하고 생각하는 정서가 같이 나타나기 때문이죠. 그래서 이것이 얼핏 보면 상반되는 경향 같지만 사실은 상반되는 게 아닌 거지요.

두 번째, 가톨릭 신앙시를 썼다고 되어 있는데, 정지용뿐만이 아니고 다른 시인들도 그렇고 누구나 시 속에, 문학 작품, 예술 작품 속에 이념을 넣으려고 하면, 쑤셔 넣으려고 하면, 실패할 가능성이 99퍼센트입니다. 정지용도 그렇습니다. 정지용의 많은 작품 중에서도 제일 작품적 수준이 떨어지는 것도 가톨릭 시입니다. 그래서 종교적인 이념이든 사상적인 것, 정치적인 것이든, 어떤 것이든 간에, 예술 작품 속에 그것이 들어가려고 하면 이게 조화를 잘 이루면서, 멋진 작품, 아름다운 작품, 강렬한 작품이 되면서 이념 전달도 뛰어난 그런 작품이 나오기는 극히 힘듭니다. 왜? 의도적이기 때문에 그렇죠. 자연스럽게 나오면 괜찮지만, 의도적으로 작품 속에 종교적인 생각을 넣어야겠다, 정치적인 사상을 넣어야겠다, 하면 다 실패합니다. 정지용도 예외는 아니었던 걸로 볼 수 있습니다.

그다음으로 세 번째는 산수시(山水詩)라 부를 수 있는 작품 경향이 있습니다. 1930년대의 절망적인 상황, 공허감, 상실감 속에서 당시의 문인들이 선택할 수 있는 게 뭐가 있었을까요? 첫째, 카프와 같이 사회주의 상황에서 혁명하겠다, 한번 뒤집어엎어 보자 하는 게 있을 수 있겠고, 둘째는, 현실 문제로부터 벗어나는 것이 있겠죠. 그냥 자연을 이야기하고, 꽃을 이야기하고, 산을 이야기하는 방법이 있겠죠. 예를 들면 청록파, 생명파, 시문학파와 같이, 현실 문제에 대해 이야기하지 않겠다, 현실 문제를 이야기하는 것은 시의 본모습이 아니다, 순수한 시의 모습은 그런 것과 관계없는, 현실 문제와 관계없는 것을 노래하는 것이라고 말하는 방법이 있겠죠. 그러면 속이 좀 편해지겠죠. 또 하나, 세 번째는 아예 붓을 꺾어 버리고 아무것도 안 쓰는, 세상이 더러우니까 난 안 써, 하는 방법이 있을 수 있겠죠. 그다음에 또 어떤 방법이 있겠습니까? 그렇죠. 복종하는 거, 친일파가 되는 것이 있습니다.

다 나름의 응전 방식이라 할 수 있을 것입니다. 그 중 정지용이 이 시기에 선택한 방법은 자연 속으로 도망가 버리는 것, 일종의 현실 도피였습니다.

이것을 어떤 평론가는 산수화와 같은 풍이라고 산수시(山水詩)라고 부르기도 했습니다. 그래서 30년대 후반에 나오는 정지용의 시, 우리가 잘 아는 『백록담』같은 시집에 실려 있는 시들, 「백록담」, 「장수산」 등등의 시들에 보면 거기에는 사상이나 현실이나 시대적 고민이나 이런 것은 없습니다. 그냥 도망가 버린 거예요.

물론 정지용 같은 경우는, 그가 정말 양심적이고 훌륭한 지식인이라고 생각되는 것이, 해방 이후에 자신의 그런 것에 대한 반성을 철저하게 했거든요. 사회주의를 그 사람이 선택했든, 또는 사회주의가 아닌 자유주의/자본주의를 선택했든 간에 일제강점기라는, 일제 말기라는 그 현실에서 내가 그 현실을 적극적으로 이겨보려고 하지 않고, 그냥 모르는 척하고 외면하고 도망가 버리고 했던 것에 대해서 나는 철저하게 반성한다, 잘못했다고 자기반성을 제대로 한 사람들이 몇 명 없었어요. 다 슬그머니 얼렁뚱땅 넘어가 버렸단 말이에요. 그런데 정지용은 나중에 철저히 자기반성을 합니다. 그리고 남들이 모르면 그뿐이고 나중에라도 혹시 알고 질문을 하거나 하면, 왜 일제 강점기 때 당신이 침묵을 했느냐? 왜 당신은 그때 저항하지 않았느냐? 하면 다들 비겁한 변명을 늘어놓았지만, 정지용은 스스로 그것을 반성합니다.

어쨌든 이 시기에 정지용은 동양적 노장사상의 세계, 은일과 은둔의 세계, 산수시의 세계를 보여줍니다. 우리나라 교과과정에서는 정지용의 시를 가르칠 때 대부분 이 시기의 시를 가르

칩니다. 그러나 그것은 남북분단의 현실에서 오는 일종의 레드 콤플렉스의 연장이고, 실제 정지용 시의 스펙트럼은 훨씬 넓습니다.

네 번째로는 동시 풍의 작품들이 있는데, 여기 속하는 작품들은 대체로 짧고 간결하고 참신합니다. 여기에 대해서는 앞서 말한 호수 같은 작품으로 대신하기로 하겠습니다.

그리고 해방 이후에는 사회주의 운동에 적극적으로 참여를 합니다. 그리고 그때 작품도 여러 편 발표하는데, 「그대들 돌아오시니」 같은 작품을 통해서, 공산주의 세력에 대한 찬양, 그리고 심지어는 소련군의 진주를 예찬하는 글까지도 쓰게 됩니다. 그래서 자기 나름대로는 역사적인 현장에 아주 적극적으로 개입하려고 많이 노력을 합니다. 물론 작품의 수준은 아까도 얘기했듯, 신앙시가 실패했듯이, 40년대 후반 50년대 초에 나오는 이 작품들도 대부분 다 실패작이라고 봐야죠. 작품 수준이 그렇게 높지 않습니다. 왜냐하면 직접적으로 대놓고 정치적인 이념을 이야기하니까 그렇지요. 다시 한번 정리하면 이렇게 되겠네요. 모더니즘 시, 실향의식을 다룬 시, 동요풍의 시, 신앙시, 산수시, 이념시, 이런 것들이 정지용 시의 다양한 모습이라 할 수 있습니다.

자, 그러면 「카페 프란스」를 봅시다. 1926년에 발표된 시입니다. 현대시가 시작된 시기가 주요한의 「불놀이」를 비롯한 그 시대였다면, 그것을 1919년 또는 그것보다 좀 더 앞서서 1917년, 이쯤으로 볼 수 있단 말이에요. 그러니까 우리나라에 근대시라고 말할 수 있는 작품들이 발표되기 시작한 지 아직 채 10년도 되지 않은 시점에서 나온 작품이란 말이죠. 근대시 10년 동안 큰 발전이 있었던 셈입니다. 앞서 살펴봤지만, 정지용의 작품 중에서 제일 처음으로 나타나는 작품 성향이 바로 모더니즘 성향의 작품들이거든요. 이 모더니즘이라는 성향이 우리나라에 본격적으로 유행한 것이 1930년대입니다. 그렇다면 정지용의 이런 작품들, 또 임화 같은 사람의 「담—1927」 같은 작품이 1920년대 후반에 나타나기 시작했다는 것은 이 사람들이 우리나라 모더니즘의, 좀 거창한 표현으로 하자면 선구자라는 의미가 되는 거죠.

정신없이 막 서구의 물결들이 밀려오고 있던 그 시기에 정지용이 느꼈던 어떤 하나의 감상들이 이런 식으로 표현되어 있습니다. 그런데 특징적인 것은 여기에 나타난, 정지용이 보여주는, 뭐랄까요? 서구적이고 감각적인 것들, 이런 이미지들이, 대단히 강렬하게 우리에게 남는다는 거지요. 일단 제목부터가 그렇습니다. '카페 프란스'라는 것은 존재하지 않았던 거잖아요? 지금까지는? 단 한 번도 조선 사람들로서는 본 적도, 들어본 적도 없는, 그렇지요? '카페, 프란스' 다방도 아닌 것이, 다방도 새로운 것인데, 다방도 아니고 '카페 프란스' 이랬단 말이에요. 아마도 짐작하기를 어떤 사람들은 이 시가 쓰인 것이 일본에서 유학하던 당시가 아니었겠는가, 그렇게 짐작하기도 합니다. 일본 도우지샤 대학이라는 곳이 교토에 있는 대학이에요. 교토 도우지샤 대학 근처에, 교토 중심가에 강이라고 하기에는 작은, 동네 개천보다 조금 큰 정도, 청계천보다 조금 큰 정도 될까요, 그런 청계천보다 조금 큰 그런 개천이 도심 가운데에 있습니다. 그 근처에 서양풍의 카페 같은 것이 많이 있었다고 하거든요. 아마 그것을 보고 쓰지 않았을까 그런 추정을 하고 있습니다.

이 시는 '옮겨다 심은 종려나무 밑에'라고 시작합니다. 첫 시작부터가 그렇다는 거예요. 이식문화사라는 것이 있습니다. 말 그대로 우리 문화나 문학은 서양에서 옮겨 심어진 것이라는 거지요. 좀 자존심이 상하는 이야기지요? 그런데 아직도 이것이 극복되지 않고 있습니다. 왜냐하면 엄밀한 의미에서 그럴 수밖에 없는 것이, 우리 문학사가 우리의 전통을 계속 이어온 것이 아니라, 조선이라는 나라가 망하면서 그 전까지의 모든 전통들은 끝나버렸고, '야 우리 것은 쪽팔리는 거야, 약한 거야, 촌스러운 거야, 서양에서 들어온 것이야말로 좀 더 세련되고, 좋은 거고, 편리하고, 강한 거야'라는 생각이 좀 더 지배적이었기 때문이죠. 또 그랬기 때문에 굉장히 빠른 속도로 모든 문화가 바뀔 수 있었던 거예요. 사람들의 겉모양, 머리 모양, 옷 입는 것부터 시작해서 모든 것이 굉장히 빠른 속도로 바뀌게 됩니다. 문학도 역시 예외가 아니어서, 우리가 전통적으로 가지고 있었던 것들, 시로 치자면 시조라든지 가사라든지 이런 것들은 다 없어져 버립니다. 아무도 창작 안 합니다. 그리고 전부 이런 서구적인 시로 대체되게 되는데, 그런 역사를, 문학사를 '이식문학사'라고 이름 붙일 수 있죠.

여기 첫 구절에 등장하는 나무가 바로 그렇지요, 종려나무라고 그랬는데, 원래 우리한테 있었던 것이 아니고 옮겨다 심은, 이것을 일본으로 보든 우리나라로 보든 역시 마찬가지입니다. 일본에서 느꼈던 것이라고 생각하든 아니면 우리나라에서 보았던 어떤 카페 이름이 '카페 프란스'였고, 그것을 대상으로 썼다고 해도 역시 마찬가지죠. 옮겨다 심은 것, 서양에서 들어온 것입니다.

'이놈은 루바쉬카/ 또 한 놈은 보헤미안 넥타이/ 뼷쩍 마른 놈이 앞장을 섰다'는 것은 세 사람이 걸어가는 모습을 묘사한 것 같아요. 어때요? 느낌이? 뭔지는 잘 모르겠지만 대단히 이국적이고, 이질적이고, 신선하기도 하고, 모던하고, 폼 나죠? 루바쉬카라는 것은, 이런 이름 아는 게 하나도 중요한 게 아닙니다. 루바쉬카가 뭐고 보헤미안 넥타이가 뭔지는 몰라도 상관이 없습니다. 다만 세 사람이 가는데 그 풍이 어떻습니까? 사용하는 이름만 보아도 루바쉬카, 뭔지는 몰라도 서양적인 거잖아요, 보헤미안 넥타이 역시 뭔지는 모르겠지만 우리 것이 아니잖아요, 그게 중요한 거지요, 루바쉬카라는 것은 당시 유행했던 러시아풍의 남자들이 입는 블라우스 같은 것이랍니다. 우리나라 대학생들, 젊은이들 사이에서 유행했던 옷이라고 합니다. 보헤미안 넥타이는, 이것도 아마 보헤미안 지역에서 매는 넥타이의 종류겠죠? 스카프 같은 걸로 넥타이를 매는 거라고 합니다. 또 삐쩍 마른 놈이 한 놈이 있고, 세 사람이 가고 있는데 그 풍경이 어떻습니까, 서구적이죠? 이게 바로 1920년대 모더니즘의 특징입니다.

'밤비는 뱀눈처럼 가는데'와 같은 이런 표현들이 정지용 시에서 특징적인, 감각적이고 이미지즘적인 표현이지요. 밤비를 뱀눈이라는 것에 갖다 붙인 거예요. 뱀눈이 가늘고 또 눈동자가 세로로 서 있잖아요. 그래서 그런 모양들이 뭔가 좀 가늘고 예리하다는 느낌과 비슷하게 맞아떨어지면서, 밤비가 오는 모습을 연상할 수 있게 합니다. 그다음에 '페이브멘트에 흐늙이는 불빛'이라는 표현이 나오는데요, 페이브멘트라는 것은 포장도로랍니다. 포장도로의 가로등 불빛이 흐느끼는 것으로 본 거지요. 그런데 원래 우리나라에는 포장된 도로가 없었잖아요, 다 흙길인데. 거기에 불빛이 있다는 것은 아마도 길가에 가로등이라던가 아니면 길가에 늘어서 있는 가게들을 뜻하는 거겠죠. 그런 것이 있는 '카페 프란스에 가자', 이렇게 말하는 거죠. 여전히 계속해서 서구적이고 이국적인 풍경들을 얘기합니다.

'이놈의 머리는 빗두른 능금/ 또 한 놈의 심장은 벌레 먹은 장미/ 제비처럼 젖은 놈이 뛰어간다' 이 부분의 해석이 대단히 어렵습니다. 한 놈의 머리는 '빗두른 능금'이라고 하니까, 아마 사과 모양으로 생겼는데 좀 찌그러진 사과 모양으로 생겼다는 말이겠지요. 그다음에 '또 한 놈의 심장은 벌레 먹은 장미'라는데, 그런 그림이 그려진 옷을 입고 있다는 것인지 정확히는 잘 모르겠고, '제비처럼 젖은 놈' 이것은 아마 연미복을 입었거나 비가 와서 젖은 모습을 이렇게 표현했겠지요. 여하튼 이런 광경 모두가 루바쉬카, 보헤미안 넥타이와 마찬가지로 지금껏 조선에서는 볼 수 없었던 생소한 모습이라고 보면 되겠습니다. 이런 사람들이 가는 모습을, 거리에서 보이는 모습을 묘사하는 것입니다.

그다음에 땡땡땡 하고, '오 패롤 서방 굿 이브닝', 패롤이라는 것은 앵무새입니다. 앵무새보고 '어이, 앵무새 서방 굿 이브닝' 이렇게 인사를 한 겁니다. 아마도 카페 프란스라는 장소의 내부 겠지요. 내부에 들어가면서 굿 이브닝 하니까, 굿 이브닝 하고 앵무새가 따라 하는 겁니다. 이 역시 우리에게 그리 흔한 광경은 아니었겠지요.

'울금향 아가씨는/ 갱사 커튼 밑에서 조시는구려'라는 이 구절 역시 철저하게 서구적입니다. 울금향이라는 것은 튤립을 말하죠, 튤립은 커튼 밑에서, 얇은 커튼 밑에서 졸고 있는 것 같다는 것인데, 아마 튤립이 활짝 피어있는 것이 아니고 꽃송이가 아마 약간 고개 숙이듯이 숙인 상태로 있었던 모양입니다. 그래서 졸고 있다, 이렇게 표현한 것 같아요. 튤립도 생소하고 갱사 커튼이라는 것도 그렇지요.

다음으로 '나는 자작의 아들도 아무것도 아니란다/ 남달리 손이 희어서 슬프구나'라고 말합니다. 서양의 귀족 계급 중에 맨 위가 뭐죠? 공작이 맨 위입니까? 공작, 후작, 백작, 자작, 남작 순일 겁니다. 그러니까 자작은 좀 아래쪽의 귀족 계급일 겁니다. 나는 좀 낮은 직급의 귀족 아들조차도 아니란다, 라고 말합니다. 즉, 나는 별 볼 일 없는 존재다, 그렇게 말하는 건데요, 이는 당시 대다수의 지식인이 느꼈던 감정이라고 볼 수 있습니다.

  '손이 희다'라는 것은 뭡니까? 그렇죠, 백수죠. 우리가 흔히 말하는 백수(白手)라는 것은, 손이 희다는 뜻입니다. 흰 '백' 자에 손 '수' 자. 옛날에는 노동이라고 하는 것이 거의 다 육체노동을 의미했다는 말이에요. 요즘처럼 사무실에 앉아서 생각하고, 뭐 쓰고, 보고서를 쓰고, 이런 것을 노동이라고 생각을 안 했거든요. 그러니 노동을 하면 손이 거칠어지고, 시커메지고, 못생겨지는 게 당연하지요. 그래서 손을 보면 이 사람이 일하는 사람인지, 먹고 노는 사람인지 알 수 있는 거라, 그래서 백수라는 말이, 손이 희다, 일하지 않는 사람, 직업이 없는 사람, 먹고 노는 사람, 실업자 이런 뜻으로 바뀌게 된 거지요. '남달리 손이 희어서 슬프구나'라는 것은 나는 직업도 없고, 하고 싶어도 뭘 할 수도 없는 그런 청년이로구나, 라는 자조에 다름 아니지요. 자조(自嘲)가 뭡니까, 스스로에 대한 조롱이잖아요, 아이고 바보야, 나는 참 바보야 이것이지요. 그런 자조가 여기에 들어있다는 말입니다.

  김기진이라는 당시 유명했던 시인이자 평론가였던 사람이 있는데요, 그의 작품 중에 보면 「백수의 탄식」이라는 게 있어요. 이 '백수'가 여기도 나오고 김기진 작품에도 나오고 하는 것이,

당시의 젊은 청년들이, 지식인들이, 나는 백수구나, 나는 참 별 볼 일 없는 놈이구나, 라고 느끼는, 뭐랄까요, 좌절감이랄까요, 백수 의식이랄까요, 그런 것이 굉장히 강했다는 것을 짐작해 볼 수 있습니다.

다음 부분을 보면 좀 더 구체적으로 나오네요. '나는 나라도 집도 없단다'라고 말하지요? '나는 아무것도 가진 게 없구나'라는, 아까 신석정이 '나와 하늘과 밤뿐이다' 그렇게 표현했다면, 여기에는 구체적인 이유가 없었잖아요, 왜 이렇게 상실감을 느끼는지, 왜 이런 공허함을 느끼고 좌절감을 느끼는지 알 수 없지만, 여기서 정지용은 좀 더 구체적인 이유를 말하고 있습니다. 나는 나라도 없고, 집도 없고, 고향을 떠나 있고, 별 볼 일 없는 존재구나, 직업도 없는, 남달리 손이 희고, 직업도 없는 존재구나, 그래서 나는 슬프다, 하고 탄식하고 있는 거죠. 그리고 하는 말이 대리석 테이블에 닿는 내 뺨이 슬프구나, 그 카페 프란스에 있는, 서구에서 들어온, 이 수입산 대리석 테이블에 기대어 있으니까 내가 참 슬프게 느껴지는구나, 그렇게 한탄하는 거죠. 그러면 이 슬픈 자기의 마음을 어떻게 위로받고 싶어 하느냐 하면, 아무 데도 다른 데서 위로받을 데가 없으니까, 이것을 해결할 방법이 없으니까, 극복할 능력도 없으니까, 겨우 한다는 소리가, '이국종 강아지야 내 발을 빨아다오' 그렇게 말합니다. 이 얼마나 안된 상황입니까? 아무에게도 위로받을 수 없는 상황, 친구도 동지도 없는 상황인 거죠.

그런데 역시 이 강아지조차도 이국종이잖아요. 이 시가 맨 처음에 시작할 때 무엇으로 시작했지요? '옮겨다 심은 종려나무'로부터 시작했잖아요. 마지막 부분에서도 역시 서양에서 들어온 이국종 강아지에게 기댈 수밖에 없는 상황을 보여줍니다. '내 발이라도 좀 빨아줘' 그러잖아요. 이런 상황을 이해 못 하는, 예를 들어서 사춘기 학생들한테 이걸 한번 읽어보라고 하면, '미쳤나 이거 변태야? 발을 왜 빨아달라고 하는데?' 그렇게 생각하겠지요. 그런데 얼마나, 오죽했으면 그런 생각을 했을까요? 이런 상상을 해볼 수가 있잖아요, 카페 프란스라는 곳에 갔는데 거기서 기르는 강아지가 한 마리 있는 거야, 그게 쪼르르 와서 발을 막 핥으니까 기분이 좋거든, 왜 강아지가 핥아주면 간지럽기도 하고 귀엽기도 하고 기분이 좋잖아요, 그런 느낌을 갖는 거지. 이 강아지에게서라도 위로받고 싶다는.

그래서 이 시에서 주목해야 하는 것을 정리해 보자면, 첫째는 이 시에 나타난 정서입니다. 자조, 스스로에 대한 조롱, 자학, 스스로를 학대하는 것, 그리고 거기에서 오는 비애, 그리고 남달리 손이 희어서 슬프구나, 강아지야 내 발이라도 빨아다오 하는 것과 같은 탄식, 이런 것들이 이 시의 주된 정조를 이루고 있고, 이 시의 이러한 주된 정조가 정지용 개인만의 것이 아니라, 1920년대 중반 우리 시단 전체의 분위기라고 볼 수도 있겠고, 또 이 시기의 우리 지식 청년들의 주된 정서였다고 볼 수도 있다는 것이지요.

두 번째는 이 시가 보여주는 감각적 이미지입니다. 이 시에는 좀 화려하다거나 내지는 좀 지나치다 할 정도로 감각적 이미지가 많이 사용되고 있습니다. 빗두루 쓴 장명등, 루바쉬카, 보헤미안 넥타이, 밤비는 뱀눈처럼 가는데, 페이브멘트에 흐늙이는 불빛 등의 이런 표현들이 보여주는 서구적인 이미지들과 어떤 감각적인 이미지들을 섞어놓은 이런 현상들이 한 가지 특징으로 얘기될 수 있겠습니다.

세 번째로는 이런 얘기도 할 수 있겠습니다. 여기서 이런 탄식과 비애의 원인이 나라도 집도 없는, 그리고 손이 희어서, 즉 백수라서 할 일이 없어서 느끼는 자기 자신에 대한 탄식이잖아요. 이런 비애와 탄식이 막연한 감상과 낭만과는 구별된다는 거지요. 1910년대의 「불놀이」류의 사춘기적 감상에서도 어느 정도 벗어나 있고, 신석정의 작품에서 보았던 절망감에 비해서도 좀 더 구체적인 상황인식 내지는 현실 인식을 하고 있다고 볼 수 있습니다. 하지만 그 현실 인식에서 더 나아가서 이러한 현실을 극복해 보고자 하는 노력이라든지 또는 그 방법을 모색하는 데까지 이르지는 못하고 있는 것도 사실입니다. 그냥 이국종 강아지에게 발을 맡기고 내 발이라도 빨아다오, 나는 거기서라도 위로받고 싶어, 그것 아니고서는 이 현실에서 다른 위로를 받을 게 없어, 너무나도 슬프구나, 라고 얘기하는 그런 정도로 볼 수 있습니다.

# 5

## 임 화 「우리 오빠와 화로」

— 1920년대 이후 가장 큰 문학사적 흐름, 카프

## 임화 「우리 오빠와 화로」

    사랑하는 우리 오빠 어저께 그만 그렇게 위하시든 오빠의 거북무늬 질
화로가 깨어졌어요
    언제나 오빠가 우리들의 '피오닐' 조그만 기수라 부르는 영남이가
    지구에 해가 비친 하로의 모—든 시간을 담배의 독기 속에다
    어린 몸을 담그고 사온 그 거북무늬 화로가 깨어졌어요

    그리하야 지금은 화 젓가락만이 불상한 영남이하구 저하구처럼
    똑 우리 사랑하는 오빠를 잃은 남매와 같이 외롭게 벽에 나란히 걸렸
어요

    오빠……
    저는요 저는요 잘 알았어요
    왜— 그날 오빠가 우리 두 동생을 떠나 그리로 들어가신 그날 밤에
    연거푸 말은 궐련을 세 개씩이나 피우시고 계셨는지
    저는요 잘 알았어요 오빠

    언제나 철없는 제가 오빠가 공장에서 돌아와서 고단한 저녁을 잡수실
때 오빠 몸에서 신문지 냄새가 난다고 하면
    오빠는 파란 얼굴에 피곤한 웃음을 웃으시며
    ……네 몸에선 누에 똥내가 나지 않니—하시든 세상에 위대하고 용감

한 우리 오빠가 왜 그날만

　말 한마디 없이 담배연기로 방 속을 메워버리시는 우리 우리 용감한 오빠의 마음을 저는 잘 알았어요

　천장을 향하야 기어올라가든 외줄기 담배연기 속에서 — 오빠의 강철 가슴속에 박인 위대한 결정과 성스러운 각오를 저는 분명히 보았어요

　그리하야 제가 영남이의 버선 하나도 채 못 기웠을 동안에

　문지방을 때리는 쇳소리 마루를 밟는 거칠은 구둣소리와 함께 — 가버리지 않으셨어요


　그러면서도 사랑하는 우리 위대한 오빠는 불상한 저의 남매의 근심을 담배연기에 싸두고 가지 안으셨어요

　오빠 — 그래서 저도 영남이도

　오빠와 또 가장 위대한 용감한 오빠 친구들의 이야기가 세상을 뒤집을 때

　저는 제사기를 떠나서 백 장에 일 전 짜리 봉투에 손톱을 부러뜨리고

　영남이도 담배 냄새 구렁을 내쫓겨 봉투 꽁무니를 뭅니다

　지금 — 만국지도 같은 누더기 밑에서 코를 고을고 있습니다


　오빠 — 그러나 염려는 마세요

　저는 용감한 이 나라 청년인 우리 오빠와 핏줄을 같이한 계집애이고

　영남이도 오빠도 늘 칭찬하든 쇠 같은 거북무늬 화로를 사온 오빠의

동생이 아니에요

그리고 참 오빠 아까 그 젊은 나머지 오빠의 친구들이 왔다갔습니다

눈물나는 우리 오빠 동무의 소식을 전해 주고 갔어요
사랑스런 용감한 청년들이었습니다
세상에 가장 위대한 청년들이었습니다

화로는 깨어져도 화젓갈은 기ㅅ대처럼 남지 않았어요
우리 오빠는 가셨어도 귀여운 '피오닐' 영남이가 있고
그리고 모—든 어린 '피오닐'의 따뜻한 누이 품 제 가슴이 아즉도 더움
습니다

그리고 오빠……
저뿐이 사랑하는 오빠를 잃고 영남이뿐이 굳세인 형님을 보낸 것이겠
습니까
슳지도 않고 외롭지도 않습니다
세상에 고마운 청년 오빠의 무수한 위대한 친구가 있고 오빠와 형님을
잃은 수없는 계집아이와 동생
저희들의 귀한 동무가 있습니다

그리하야 이 다음 일은 지금 섭섭한 분한 사건을 안고 있는 우리 동무 손에서 싸워질 것입니다

　오빠 오늘 밤을 새워 이만 장을 붙이면 사흘 뒤엔 새 솜옷이 오빠의 떨리는 몸에 입혀질 것입니다

　이렇게 세상의 누이동생과 아우는 건강히 오늘 날마다를 싸움에서 보냅니다

　영남이는 여태 잡니다 밤이 늦었어요

　— 누이동생

1925년이라는 시기가 우리 문학사에서 대단히 중요한 숫자입니다. 왜냐하면 '카프'라고 하는 단체가 만들어졌기 때문이죠. 이 KAPF라는 단어는 에스페란토(Esperanto)어라는 유럽 사람들이 만들어 낸 인공적인 언어로 만들어진 말입니다. 유럽 여러 나라의 말들이 다 비슷하니까 공통으로 쓸 수 있는 말을 만들어보자 해서 만들어졌지요. 주로 학술 언어 같은 것으로 쓰였는데, 요즘은 잘 안 쓰인다고 합니다. 영어식으로 이야기하자면, 'Korea Artist Proletarian Federation', 즉 '조선 프롤레타리아 예술가 동맹'이라는 상당히 긴 이름의 단체입니다. 줄여서 '프로예맹'이라고도 했습니다. 또는 더 줄여서 그냥 '예맹'이라고 했던 단체입니다. 단체 이름에서 알 수 있는 것처럼, '프롤레타리아'라는 단어에서 짐작할 수 있는 것처럼, 사회주의문학을 해 보겠다는 사람들이 모여서 만든 단체입니다. 단순히 '아 슬프다, 이거 세상이 잘못된 것 아닌가'가 아니라, 구체적으로, 사회주의 사상을 통해서 세상을 바꾸어 보겠다, 그리고 그것을 위해서 문학을 하자, 하는 취지로 모인 사람들입니다.

그리고 우리 문학에서는 시보다는 소설에서 먼저 당시의 현실에 대해서 새로운 인식을 하게 됩니다. 이 새로운 인식이라는 것은 뭐냐 하면, '우리가 만날 감상에 빠져 있고, 탄식이나 하고 그러지 않았느냐, 그러나 이제 그냥 슬퍼하기만 하는 것이 아니라, 이 감상과 탄식을 감정적으로 그냥 슬퍼하는 것에서 더 나아가서 있는 그대로의 현실을 보여주는 것으로 연결시키자' 하는 것입니다. 그래서 가난한 현실, 가난 때문에 굶는 것, 가난 때문에 고향을 떠나는 것, 가난 때문에 죽는 것, 가난 때문에 싸우는 것, 가난 때문에 살인을 하게 되는 이런 모든 것들을 그냥 보여주자는 것이지요. 이러한 문학 경향이 주로 가난을 다루고 있다고 해서 빈궁 문학, 궁핍 문학이라고 부르기도 합니다.

이런 경향은 시보다는 소설에서 먼저 나타나게 됩니다. 대체로 그렇지요, 시인보다는 소설가들이 좀 더 현실감각이 있다고요, 다른 얘기지만 그래서 돈도 시인보다는 소설가들이 조금 더 잘 법니다. 물론 소설은 양이 많으니까 책값도 좀 더 비싸고, 시인은 양이 얼마 안 되니까 작품 발표해 봐야 원고료도 얼마 안 주니까 그런 것도 있기는 하지만, 감각적으로도 시인보다는 소설가가 좀 더 현실감각이 있습니다. 그래서 이런 새로운 경향들도 소설에서 먼저 나타납니다.

아무튼 '있는 그대로의 현실을 좀 바로 얘기하자' 해서, 새로운 경향들이 나타나게 되는데 그것을 바로 '신경향파'라고 합니다. 이 신경향파는 크게 두 가지로 볼 수 있습니다. 하나는 그냥 우리 있는 그대로의 현실을 좀 보자, 너무 질질 짜고, 너무 탄식하고 한숨만 쉬는 것은 안 된다는 경향이고, 다른 하나는 카프 쪽에 속해 있었던, 다시 말해 사회주의 사상을 바탕으로 작품을 하는 사람들이었습니다. 그래서 전자의 신경향파를 '자연발생적 리얼리즘'이라고 합니다. 그리고 후자의 카프 쪽 사회주의 문학을 '목적의식적 리얼리즘'이라고 부를 수 있습니다.

이 '자연발생적 리얼리즘' 같은 경우는 김동인의 「감자」같은 경우에서 예를 찾을 수 있는데요, 주인공 복녀가 가난해져서 송충이잡이를 가게 되고, 거기서 감독관 눈에 들어서 일 안 하고 몸 팔아 돈 벌고, 그다음에 또 왕서방네 감자밭에 갔다가 더 적극적으로 도덕적 타락을 겪게 되는 이야기이지요. 하여간 이런 복녀의 타락을 통해서 당시의 현실을 보여주죠. 결국은 마지막에 복녀가 낫 들고 왕서방한테 찾아와서는 '나쁜 놈아 네가 나를 두고 그럴 수 있나 딴 여자를 들이다니', 하며 티격태격 싸우는 과정에서 자기가 들고 간 낫에 의해 자기가 찔려 죽습니다. 이렇게 살인으로까지 이어지는 도덕적 타락과 당시의 비참한 현실을 보여줍니다.

그리고 인력거꾼 이야기, 「운수 좋은 날」 같은 데에서도, 인력거꾼인 남편이 설렁탕을 사서 돌아왔는데 아내는 죽어 있잖아요. 가난 때문에 병원에도 한 번 못 가보고 약도 못 써보고 그대로 죽을 수밖에 없는 현실, 이런 현실을 있는 그대로 보여주려는 것이 '자연발생적 리얼리즘'이라고 할 수 있습니다.

카프 쪽은 사회주의 사상의 영향을 받으면서 좀 더 투쟁적이 됩니다. 계급의 대립, 이런 것들이 좀 더 분명하게 나타나죠. 그래서 최서해의 「홍염」 등의 작품을 보면, 불을 지르고, 도끼로 찍어 죽이고 하는 적대감이 좀 더 직접적으로 표현이 되지요. '자연발생적 리얼리즘'에서는 가난의 원인이 작품 속에 구체적으로 잘 안 나오지만, 뒤로 가면, 즉 목적의식적 리얼리즘에서는 가난의 원인이 이런 계급적인 구조의 모순 때문이라는 것이 나오고, 지주, 자본가 계급에 대한 적대감 같은 것이 좀 더 노골적으로 표현되게 되는 것이지요.

여하튼 이 시기에 눈여겨 볼 것은 우리 지식인들이 조금씩 현실 문제에 대해서 구체적인 인식을 하게 된다는 것입니다. 정지용의 「카페 프란스」에서 나라도, 집도 없고, 백수이고, 그래서 슬프고 강아지에게라도 위로받고 싶은 심정이 나타난다면 소설

쪽에서부터 이 시기쯤에 먼저 현실 문제에 대해서 좀 더 구체적인 생각들을 하고 그것을 작품을 통해서 보여주기 시작하는 거지요. 때로는 그것이 사회주의라는 사상을 등에 업고 나타나기도 합니다.

그러면 그런 작품, 그런 당시의 현실을 반영하는 작품 하나를 봅시다. 바로 「우리 오빠와 화로」입니다. 임화라는 사람이 쓴 작품인데, 좀 특이하고 매력적인 삶을 산 사람입니다. 임화는 일본에 유학을 가서 대학을 안 다녔습니다. 대학 다니려고 일본 간 것이 아니고, 그냥 간 겁니다. 가서 박영희라는 사람 집에 얹혀살면서 여기저기 기웃기웃한 것 같아요. 대학에도 가서 청강도 하고 일본어로 된 책도 사서 읽고, 그렇게 공부를 했던 것 같아요.

이 시는 '단편 서사시', 또는 '문학 대중화 논쟁'이라는 것과의 연결 선상에서 생각해야 합니다. 1920년대 중반에 사회주의 문학 진영에서는 어떻게 하면 대중에게 가까이 다가갈 수 있을까, 어떻게 하면 자신들의 주의와 주장을 효과적으로 전달할 수 있을까, 하는 토론을 하고 있었습니다. 그들의 논리를 거칠게 정리하자면, 세상은 계급구조로 되어 있다, 그래서, 가난한 사람들인 노동자 농민이 열심히 일해도 부자가 될 수 없고, 계속해서 착취당할 수밖에 없다. 계속해서 가난한 이유가 바로 이런 것

때문이다, 그래서 이런 계급구조가 깨져야 한다, 그러기 위해서는 노동자, 농민이 해방되어야 한다, 지주 자본가들로부터 벗어나야 한다, 그래서 어떤 세상을 만들자, 이런 것이지요.

그런데 이런 얘기를 전달해 줘야 하는데, 이걸 어려운 말로 써서 전달하려고 하니까 잘 안되는 거죠. 아무도 책을 읽지도 않을뿐더러, 책을 읽을 줄 아는 사람이 별로 없단 말이에요. 그 당시의 정확한 통계는 모르겠습니다만, 아마 우리나라 전체 인구 중 문맹률이, 한 80% 정도 됐을걸요. 한글을 읽고 쓰지 못하는 사람이, 엄청나게 많았다고요. 그래서 왜, 그 당시 소설 보면, 심훈의 「상록수」도 그렇고, 이광수의 「흙」도 그렇고, 야학을 만들어 공부시키고 하는 이런 게 나오잖아요. 그런 것이 나오는 이유는 글을 못 읽는 사람들이 많으니까, 공부시키려고 하는 시대적 요구가 반영된 거죠. 이렇게 공부에 대한 열의가 높다 보니 지지리도 못사는 이 나라가, 지독하게 가난했던 나라가, 일제강점기를 겪고 또 6.25 전쟁까지 겪었는데도 이렇게 성장할 수 있었던 거죠. 우리가 이렇게 대단한 나라가 되고, 국민들의 의식 수준도 높아지게 된 원인이, 첫 번째가 나는 교육에 있다고 생각합니다. 전 세계적으로 우리나라만큼 문맹률이 낮은 나라는 없답니다. 우리나라 문맹자가 1%가 안 될 거예요(최근의 공식적인 통계는 없다고 함). 미국은 아마 10% 훨씬 넘을걸요? 우리나라는 그런 점에서 볼 때 대단한 선진국이죠. 이런 일이 언제부터 가능해졌는가 하면, 바로 이 근대 초창기 때부터 가능해졌다고요.

조선이 망하고 신분제도라는 것이 없어지면서, 과거에 못살았던 사람, 옛날에 천민이나 평민이었던 사람들이 낮은 신분에서 벗어나서 잘살게 되는 방법이 공부밖에 없었던 거죠. 그들은 생산 수단이 없단 말이에요. 농경사회에서는 땅이 생산 수단인데, 논, 밭은 전부 양반들, 부자들이 다 가지고 있으니깐, 가난한 사람들이 부자가 될 방법이란 것은 그 사람들 땅을 뺏어올 수는 없고, 열심히 공부해서, 성공할 수밖에는 없었던 것이지요. 그래서 못 먹어도 배워야 한다는 말이 나온 거예요. 먹는 것보다도 신분 상승이 중요하니까, 당장 좀 굶더라도, 내 새끼만이라도 종놈으로 안 살게 하려면, 그래서 죽어라 공부를 하게 된 거죠.

여하튼 그런 시대적 분위기 속에서, 카프 쪽에서 생각하기를, 야 그렇다면 우리가 전달하고자 하는 이 좋은 사회주의 사상을, 프롤레타리아 혁명이라는 것을 왜 해야 하는지, 사람들에게 전달해 줘야 하겠는데, 글을 모르니까, 방법이 없는 거예요. 생각건대 제일 좋은 방법은 영화나 연극이었습니다. 그래서 우리나라는 영화나 연극이 일찌감치 잘 발달해 있었다고 합니다. 동양을 통틀어서 아마 일본하고 우리나라 정도가 영화, 연극이 제대로 발달해 있었을걸요? 그렇습니다, 우리보다 대국이었던 중국 같은 나라는, 우리나라 따라올 실력이, 기술이 없었다고 합니다. 어쨌든 사회주의 사상을 잘 전달해 줄 수 있는 방법을 영화나 연극에서 찾았습니다. 왜냐하면 그거는 보여주면 되니까, 글로 쓰지 않고 말로 하는 거니까.

그다음에는 사람들 모아놓고, 낭독할 수 있는 내용이 필요했습니다. 지금 이 「우리 오빠와 화로」 같은 이 시는, 이야기로 되어 있잖아요. 그러니까 무식한 대중들도 금방 이해하고 공감하고, 혁명을 해야겠구나, 생각할 수 있었던 거죠. 그래서 그 당시에는 대중들에게 쉽게 다가갈 수 있는 방법론으로서 이런 이야기 시(Narrative poem)가 제안되었던 것입니다.

세 남매가 살고 있었다, 장남인 오빠가 잡혀갔다, 그런데 막내 영남이가 사 왔던 검은 무늬 화로가 깨졌다, 박살이 났다, 하지만, 불 젓가락이 깃대처럼 남아있다, 그것처럼 우리도 우리의 목표, 혁명이라는 목표는 그대로 남아있다, 오빠는 잡혀갔지만, 오빠 동료도 있고, 우리도 열심히 일해서 오빠같이 훌륭한 사람이 되겠다, 그래서 프롤레타리아 계급혁명에 성공하겠다, 라는 단순하면서도 명쾌한 이야기가 여기에 들어있죠. 그러니까 그것을 통해서 무엇을 전달하려는지 쉽게 알 수 있단 말이지요. 그러니까 김기진 같은 사람이 임화의 이런 시들을 두고, 야 이거 참 좋은 시다, 대중화에 있어서, 문학을 통해서 자기들의 사상을 대중화시키는 데에 효과적인 최고의 작품이다 하며 극찬했던 것입니다.

임화의 「우리 오빠와 화로」나 다른 임화의 시, 또는 다른 카프 계열의 작품들이, 지금은 고등학교의 문학 교과서에도 더러 실리는데, 세 가지 측면에서 이해해야 합니다. 가장 중요한 첫째는, 일제 강점기 때, 우리 문학의 스펙트럼이 그렇게 단순하지 않았다, 다양한 유파들과 경향들이 있었는데, 그중에 사회주의 문학이라는 것이 있었다는 점입니다. 교육 현장에서도 그런 것을 반드시 보여줘야 한다는 것입니다. 이런 것들을 숨기고 민주화 이전 기득권자들의 입맛, 즉 이념에 맞는 것만 보여주는 것이 아니고, 이런 것을 있는 그대로 보여주는 성숙한 의식을 보여줘야 된다는 겁니다.

또 1925년에 카프가 생겼다고 했는데, 이때부터 1935년에 카프가 해체될 때까지 10여년 동안 우리 문단의 가장 큰 세력을 형성했던 것은, 다시 말해서 일제 강점기 때 우리 문학의 가장 큰 주류는 '사회주의문학'이라고 단언할 수 있습니다.

그러니까 '작용과 반작용'의 측면에서 봤을 때, 1920년대 중반까지 우리 문단이 맨날 징징 짜고 슬퍼하고 눈물을 흘리고 감상에 빠져 있으니까 현실을 바로 보자, 하는 리얼리즘이 나오게 됐거든요. 이 리얼리즘의 세력인 카프의 영향력이 너무 커지게 되니까 1930년대에, 여기에 저항하는 여러 유파가 등장하는 것으로 볼 수 있습니다. 구체적으로는 서양 것 말고 우리 것 좀 해 보자, 라는 국민문학파도 나오게 되는 것이고, 이념에 치우치지 말고 순수시 하자, 라는 박용철, 김영랑 같은 순수시파 운동도 나오게 되는 것이고, 인생이나 생명 그 자체에 관심 가지자는 서정주 등의 생명파도 나오고, 서구의 새롭고 참신하고 모던한 분위기를 추구한 모더니즘도 나오게 되는 것이지요. 이런 흐름은 '작용—반작용'의 면에서 이해할 필요가 있고, 그런 다양한 문학적 스펙트럼 가운데에서 임화나 카프 계열의 작가들이 갖는 위상이 있다는 겁니다. 그것이 우리가 임화 같은 사람들의 시를 통해서 첫째로 알아야 할 사실입니다.

두 번째 알아야 할 사실은 우리가 일제 강점기의 문학을 대할 때, 보다 객관적인 태도가 필요하고, 아주 조금씩 그렇게 되어가고 있다는 점입니다. 카프 계열의 작품 중에는 문학적으로 상당히 괜찮은 수준에 올라와 있는 작품들도 있는가 하면, 작품 속에 사상성을 너무 담아내려고 하다 보니까 실패한 작품도 상당히 많이 있습니다. 그런 것들을 있는 그대로 객관적으로 평가할 수 있어야 된다는 겁니다. 그러니까 사상성을 담아낸 작품들이 실패작이니까 '아 이 작품 안 좋아' 하고 버릴 것이 아니라, 사상성을 담으려고 했다는 것만으로도 뭐랄까, 역사적인 어떤 의미가 있는 것이므로 어느 정도는 인정해 주자는 것입니다. 당시의 카프 계열의 시인들은 당대의 현실을 타개해 나가는 하나의 방법으로 사상을 선택했던 것이고, 그것의 구체적인 도구로 문학을, 시를 선택했던 것으로 이해하면 되는 것이고, 사상성이 강하면 강할수록 작품의 수준이 별로였다, 라고 이해하면 그뿐입니다. 쿨하잖아요. 있는 그대로 인정한다는 것이. 그리고 그런 사람들이 썼던 작품 중에서 사상성이 적게 들어가면서 문학적으로는 상당히 형상화가 잘 되어 있는 작품들도 있다는 것입니다. 그런 것을 좀 더 공(功)과 과(過)를 분명하게 구분하는 것도 필요하리라고 생각이 됩니다. 우리 문학사의 풍성한 결과물들을 걸러내지 말고 보여주는 것이 좋겠다는 생각입니다.

세 번째로 지적할 수 있는 것이 이 시는 '희망적이며 낭만적인 세계관 상의 특성'을 내포하고 있다는 것입니다. '낭만적'이라는 말이 나왔는데, '낭만'이라는 것이 뭐냐 하면 꿈꾸는 것이거든요. 일제 강점기라는 암울한 시절에 꿈이 없었다면 사람들은 살 수가 없었을 거예요. 현실을 견딜 수 없었을 거라고요. 꿈이 있어야 사람들이 견딜 수 있잖아요. 어떤 사람은 자연에서 그 꿈을 찾으려고 하고, 어떤 사람은 혁명에서 찾으려고 한 거지요. 임화 같은 사람은 혁명을 선택했던 것입니다. 그리고 당시의, 20년대 중반의 많은 지식인들이 혁명을 선택했던 거지요. 아까 보았던 정지용도 그 사이에서 갈등하고 흔들리다가 해방 이후에 혁명을 선택하고 월북했던 것이고. 그래서 그런 측면에서 당시의 현실을 극복하는 하나의 방법으로 혁명을 선택한 것이구나, 하고 생각할 수 있습니다. 혁명이라는 것이 일종의 꿈꾸는 것이니까 그런 점으로 볼 때 이런 세계관을 낭만적 세계관이라고 할 수 있다, 그렇게 이해를 하면 될 것 같습니다.

# 6

## 김영랑 「모란이 피기까지는」

— 언어적 아름다움의 추구

## 김영랑 「모란이 피기까지는」

모란이 피기까지는
나는 아즉 나의 봄을 기둘리고 있을 테요.
모란이 뚝뚝 떠러져버린 날
나는 비로소 봄을 여흰 시름에 잠길 테요.
오월 어느 날 그 하로 무덥든 날
떠러져 누은 꽃닢마져 시드러 버리고는
천지에 모란은 자최도 없어지고
뻐쳐오르든 내 보람 서운케 문허졌느니
모란이 지고 말면 그뿐 내 한 해는 다 가고 말아
삼백예순 날 한양 섭섭해 우옵내다
모란이 피기까지는
나는 아즉 기둘리고 있을 테요. 찬란한 슬픔의 봄을

30년대 초를 열어젖히는 유파가 바로 『시문학』이라는 잡지를 내면서 등장했던 시문학파, 또는 순수시파라고 할 수 있습니다. 이 순수시파의 수장 격이었던, 우두머리에 해당하는 사람이 박용철이었고, 거기에 속해 있으면서 그 시문학파의 작품 경향들을 대표한다고 할 수 있는 사람은 김영랑이라고 할 수 있습니다. 바로 그 김영랑의 작품이 여기에 실려 있습니다.

대체로 사람 살아가는 것이 언제나, 어디나 비슷합니다. 옛날이나 지금이나 사람의 본성이라는 것이 변하지 않기 때문에, 쉽게 변하는 것이 아니기 때문에 그런 것 같습니다. 시대적인 문제, 그 시대가 갖는 모순, 역사의 진행 과정에서 나타나는 여러 가지 문제점들에 대해서 치열하게 인식하고, 또 치열하게 그런 인식을 바꾸려고 노력하는 사람들은 부자가 많겠습니까, 그렇지 않은 사람이 많겠습니까? 그렇지 않은 사람들이 많겠죠, 당연히. 부자들은 흔히들 '보수'라고 하는 것처럼, 지키는 것에 가깝죠. 자기가, 또는 자기의 선대에서 이루어온 지위와 명성, 쌓아온 재산 이런 것들을 지켜야 하니까. 그리고 그렇게 해오면서 가져왔던 가치들이 있을 거예요, 자기 나름의 가치관들이 있을 거라고요, 이 가치관들을 지켜야 하니까, 한순간에 이것이 붕괴되는 것을, 혁명이나 이런 것들을 원하지 않는다는 말이에요. 이때도 마찬가지였어요. 일제 강점기에도 사회주의 하자는 사람들은 부잣집 아들들이 많지 않았고, 부잣집 아들들은 사상이나 이념과는 거리를 두고, 문학은 좀 더 순수하게 언어예술을 구현하는 것이어야 한다, 자연의 아름다움을 노래하자, 이렇게 생각했던 사람들이 많았는데, 대표적으로 이 시문학파의 수장 격인 박용철이 그랬습니다.

만석꾼이라는 말이 있는데요, 한 석이라는 개념이 쌀 열 말을 의미하거든요. 부피로는 180리터 정도에 해당합니다. 가마니로는 두 가마니 정도에 해당한다고 합니다. 여하튼 만 석. 쌀 2만 가마 정도를 생산할 수 있는 땅을 가진 엄청난 대지주의 아들이었습니다. 물론 이것은 비유적 표현이니 그것보다 더 부자였는지 아닌지는 모르겠습니다. 이렇게 부잣집 아들이었던 박용철이 김영랑보고, 야 영랑아 네가 시를 잘 쓰잖아, 그러니까 네가 시집을 하나 내라, 내가 보태줄게 해서 박용철의 지원을 받아서 김영랑이 시집을 내었습니다, 그것이 바로 영랑시집이지요.

그러면 김영랑은 가난했느냐, 그건 아닌 것 같아요. 뭘 보고 알 수 있느냐 하면요, 김영랑 생가가 지금도 잘 보존이 되어 있습니다. 전라남도 강진 군청 뒤, 길가 바로 옆이라 찾아가기도 쉬운데, 강진 군청 뒤에 보면 영랑생가가 있거든요, 거기에 가서 마당 안으로 들어가면 기와로 된 집이 두 채인가, 세 채인가 있고, 집 중간에 우물도 있고, 아주 넓은 뒷마당도 있습니다. 내가 처음 갔을 때 그 뒷마당은 아무것도 없는 그야말로 마당이었고, 나중에 갔을 때는 거기에 비닐하우스를 세 동인가 지어놓고는 분재 같은 것을 키우고 있었지요. 그 마당에서 김영랑은 테니스를 쳤다고 합니다, 일제 강점기 때, 그러니까 뭐 상당히 '모던보이'였다는 거지요. 테니스라는 것을 그때 벌써 받아들여서, 테니스 라켓 같은 것도 구하기 힘들었을 텐데, 자기 집 마당에서 테니스까지 치고 말이죠. 그러니 가난해서 박용철의 도움을 받은 것은 아닌 것 같다는 거지요.

김영랑 얘기가 나와서 말인데, 또 빠뜨릴 수 없는 얘기가, 이 김영랑 생가부터 해서 밑으로 조금 내려가면 정약용이 유배되어 지내던 다산 초당이 있고, 거기서 좀 더 내려가면 월출산도 있고, 또 완도 쪽으로 빠지면 윤선도가 유배되어 있었던 보길도도 있지요. 그쪽이 가볼 만한 데가 많이 있습니다, 소위 말하는 남도답사 일번지입니다, 이 코스가. 기회 되면 한번 가 보시기 바랍니다. 그런 것들을 염두에 두고 김영랑의 「모란이 피기까지는」을 한번 봅시다.

김영랑 생가 얘기를 했는데, 영랑생가에 가면 모란꽃이 있습니다. 아마도 모란이 심어진 것이 김영랑이 살아 있을 때부터였던 것 같아요. 내가 갔을 때, 한번은 운이 좋게도 모란이 활짝 피어있는 것을 보았습니다. 모란꽃이 큰 것은 웬만한 손바닥만 합니다. 게다가 꽃이 아주 화려하고 아름답습니다. 고등학교 때 배웠는지 모르겠는데, 설총의 화왕계라는 거 기억납니까? 화왕계, 꽃들의 대화를 통해 임금을 풍자하는 내용이었잖아요. 여기서 간신으로 등장하는 꽃이 장미꽃이고, 충신으로 등장하는 꽃이 할미꽃, 꽃의 왕인 화왕이 모란꽃이라는 겁니다. 옛날 우리나라나 일본, 중국 같은 동양에서 가장 아름다운 꽃으로 생각한 것이 모란이었다는 거예요. 그만큼 꽃이 크고 화려해요.

그런데 이 꽃이 질 때에는, 나는 지는 걸 한 번도 본 적이 없습니다만, 질 때는 꽃잎이 하나씩 떨어지는 게 아니고 통째로 그냥 툭 떨어진다고 합니다. 그래서 이 시 세 번째 행에서 얘기한 것처럼, 모란이 뚝뚝 떨어져 버린 날이라는, 이 '뚝뚝'이라는 표현이 딱 맞아떨어진다는 거죠. 또 '뚝뚝'이라는 이 우리말의 어감이, 어때요? 정말 뚝 떨어지는 것 같죠? 그래서 이 단절감이, '뚝뚝 떨어져 버린 날'이라는 이 표현에서 오는 단절감, 상실감, 허무감 이런 것들이 굉장히 잘 살아난다는 거죠.

자, 내용은 이렇습니다. 모란이 필 때까지 나는 계속 봄을 기다리겠다, 왜? 모란이 그만큼 크고 아름다우니까. 또 아름다운, 화려한 봄날이 올 때를 기다리겠다, 그리고 모란꽃이 져버리면 봄이 갔다는 걱정, 근심에 잠길 것이다, 그런 내용이지요. 모란이 떨어져 버리고 떨어진 꽃잎마저 시들어 버렸다고 생각해 보세요. 그러니까, 마치 뻗쳐오르는 내 보람 같은 것이 다 없어져 버렸으니 모란이 지고 나면 그뿐이야, 꽃이 다 졌어, 내 한 해는 다 간 거야, 여름, 가을, 겨울, 그런 건 나에게 다 필요 없어, 아름다운 이 모란꽃이 없는데 다 무슨 소용이람? 이렇게 된다는 거죠. 그래서 '삼백예순날 하냥 섭섭해 운다'는 표현이 가능해진 것이지요. 그래서 365일 중에 모란이 피어있던 그 며칠 동안, 한 일주일 정도밖에 안 된다고 하거든요, 그 얼마 동안 피어있던 것을 제외하고 나머지는 내가 울 수밖에 없다, 그래서 모란이 피기까지는 나는 아직 기다리겠다, 찬란한 슬픔의 봄을, 이렇게 말하는 거죠.

그런데 마지막에서 왜 이 봄을 '찬란한 슬픔의 봄'이라고 하였을까요? 흔히들 모순형용이다, 또는 역설이다 이렇게 표현하는데, '찬란한'이라는 말과, 슬픔이라는 말이 서로 안 맞잖아요. 어울리지 않는 이 두 단어를 갖다 붙여놓고 왜 '찬란한 슬픔'이라고 했을까요? 여기에 대해서 여러 가지 설들이 있습니다만, 아마도 이렇게 볼 수 있을 것 같아요. 일단 꽃이 피어있으니까, 모란꽃이 피어있는 봄은 찬란하니까 찬란한 봄이고, 하지만 이 찬란함이 계속 이어질 수 없음을 아니까, 곧 꽃이 지고 말 거야, 그리고는 또 꽃이 필 때까지 기다리려면 너무나도 많은 시간이 걸릴 거야, 나에게 좋은 날이 오기까지는. 그러므로 슬픔의 봄일 수밖에 없는 거죠

흔히들 그러잖아요, 봄날은 간다, 좋은 날은 다 지나간다는 거죠, 예를 들어서, 야 너 요즘 예뻐졌다, 연애하냐 그러면, 어나 요즘 봄날이야 그러잖아요, 이렇게 봄이라는 것에다 사람들마다 이런 의미를 부여하잖아요. 그래서 찬란한 슬픔의 봄이랬어요. 자기에게도 봄이 왔으면 좋겠다고 늘 기다리고 있는데, 그 봄이 길지 않다는 사실, 모란꽃이 늘 피어있을 순 없다는 사실, 그래서 꽃이 피어도 곧 지고 말 것이고 그러면 또 그때까지 그 좋은 봄날이 올 때까지 기다려야 한다는 사실을 알고 있었던 거지요. 다시 말해서 일 년 중 대부분인 삼백예순날 하냥 섭섭해

운다고 그랬잖아요. 꽃이 피어 있는 날은 불과 오 일밖에 안되고 대부분은, 자기 인생의 대부분은 모란꽃이 없는, 봄날이 아닌 시절이라는 것을 알고 있다는 거지요. 이것이 김영랑의 현실 인식이지요. 다시 말하자면 비극적인 현실 인식이 밑바탕에 깔린 작품이라고 볼 수 있다는 말입니다.

그렇다면 봄을 기다린다는 것은 뭐냐, 봄날이 의미하는 건 뭐냐, 조국의 해방이다, 독립이다 갖다 붙일 수는 있겠죠. 그건 '지 마음대로'입니다, 갖다 붙이기 나름입니다, 그 갖다 붙임이 좀 더 근거가 있고 논리적으로 되기 위해서는 그 사람의 일생이라든지, 다른 작품들과의 연관성이라든지, 이런 것들이 좀 더 면밀히 연구되어야겠죠. 그렇지 않고 그냥 갖다 붙이는 것은 무리다 이겁니다. 그냥 일제 강점기의 작품이니까 이 봄은 조국의 해방을 의미하는 것이다, 이러면 그것은 그야말로 억지이고, 지나친 미화에 지나지 않는다는 것이지요.

남한 문학사하고 북한 문학사에서 공통으로 다루는 시인이 거의 없습니다. 김영랑 같은 경우는 북한의 문학사에 이름이 없습니다, 간혹 나오는데, 반동이라고 나옵니다. 왜, 일제 강점기라는 그 암울한 시대적 현실 속에서 현실을 타개해 나가기 위한 노력을 하지 않은 사람이니까요. 그리고 아까 말했던 박용철 같은 사람들은 반동 지주의 아들이었으니까 그래서 언급을 안 하거나, 언급하면 나쁘게 언급하거나 그런 경우가 많습니다.

특이하게 북한 문학사에서도 우리와 같이 대단한, 훌륭한 시인으로 평가하는 사람은 김소월입니다. 그의 작품에 대한 해석은 남북이 조금 다릅니다. 「초혼」 같은 작품에서 우리는 애타게 부르는 그 사랑하는 사람의 이름, '선 채로 이대로 돌이 되어도 부르다가 내가 죽을 이름이여, 사랑하던 그 사람이여, 사랑하던 그 사람이여'라고 할 때의 그 이름을 헤어진 연인이라고 보아왔습니다. 아마도 '초혼'이라는 제목으로 미루어 볼 때, 이 연인은 죽었고, 죽은 사람을 애타게 부르는 것으로 생각하는 것이지요.

그러나 북한의 문학사에서는 그렇게 안 보고, 이건 조국 해방이다, 조국 해방에 대한 염원을 이렇게 절절하게, 애타게 부르고 있는 거다, 선 채로 그대로 돌이 되어도, 망부석이 되어도 좋다고 할 만큼. 이렇게 해석한다는 거예요. 그 해석을 틀렸다고 볼 수도 없지만, 죽었던 김영랑이, 김소월이 살아나서 '왜 내 시를 그렇게 해석하느냐' 하지 않는 이상은, 해석하는 사람 '지 마음'이긴 한데, 그것이 얼마나 타당한지에 대한 평가는 역시 독자들이 할 수밖에 없는 거죠. 그래서 이 김영랑의 「모란이 피기까지는」도, 지나친 이런 확대해석은 피하는 것이 좋지 않을까, 너무

무리가 따른다, 그런 생각이 들기도 합니다.

이 시의 의미는 봄이 와서 모란이 피었으면 좋겠고, 그때까지 나는 봄을 기다리면서 늘 슬퍼하고 있을 것이다, 라는 얘기거든요. 봄에 대한 해석에 따라서 다양한 이 시의 스펙트럼이 만들어질 수 있겠지만, 무엇보다도 김영랑의 중요성은, 김영랑이 가지는 의의는 우리말의 수준을 높였다는 것입니다. 우리말을 감칠맛 나게 만들었다는 것, 시가 갖는 언어예술로서의 특징을 잘 살렸다는 거지요.

시가 뭐 이념에 복무해도 좋고, 시가 다른 어떤 의도적인 목적을 가지고 있어도 좋고, 다 좋지만 어찌 되었든 간에 시라는 것은 언어예술이라는 말이에요, 말을 가지고 그것을 재료로 삼아서 어떤 현실의 모습을 나타내기도 하고, 아름다움을 드러내기도 하고, 또는 현실의 어떤 문제점들을 폭로하기도 하겠지요. 그런데 어쨌든 언어를 매개로 하는 것이기 때문에, 이 언어를 한 수준 높일 수 있었다면 그것만으로도 대단한 의미를 갖는 것이라 할 수 있습니다. 김영랑의 시는 그런 측면에서 볼 때 '우리말의 수준을 높였다, 우리말을 좀 더 아름답게 만들었다'하는 점에서 의의를 가진다고 할 수 있습니다.

Abrams라는 학자에 의하면 예술 작품을 평가하는 기준이 예로부터 네 가지가 있는데, 그것은 발생순서대로 모방론(반영론), 효용론(실용론), 표현론, 구조론(객관론)입니다. 우리나라에서는 이 중에서도 구조론적인 입장에서 문학을 대하고 해석하는 경향이 강하다 보니, 현실 문제보다는 언어 내적인 관심이 더 컸던 김영랑과 같은 '시문학파'의 문단 내 위상이 높게 위치하고 있습니다. 자세한 이야기는 다음으로 미루고 김영랑 얘기는 이쯤 마무리하겠습니다.

글을 다 쓰고 알게 된 사실 하나. 강진군청 뒤 영랑생가 근처에 세계모란공원이라는 시설이 만들어졌다고 하네요.

# 7

## 박용철 「떠나가는 배」

— 시문학파의 수장이었으나

## 박용철 「떠나가는 배」

나 두 야 간다
나의 이 젊은 나이를
눈물로야 보낼거냐
나 두 야 가련다

안윽한 이 항구—ㄴ들
손쉽게야 버릴거냐
안개같이 물어린 눈에도 비최나니
골잭이마다
발에 익은 묏부리모양
주름ㅅ살도 눈에 익은 아—— 사랑하든 사람들

버리고 가는 이도 못 잊는 마음
쫓겨가는 마음인들 무어 다를거냐
돌아다보는 구름에는 바람이 희살짓는다
앞대일 언덕인들 마련이나 있을거냐

나 두 야 가련다
나의 이 젊은 나이를
눈물로야 보낼거냐
나 두 야 간다

이 시에서는 '나두야 간다'라는 얘기가 네 번 나옵니다. 맨 앞 연에 두 번, 맨 끝 연 두 번, '나두야 간다, 이 젊은 나이를 눈물 로야 보낼거냐 나두야 간다'라고 말하고 있습니다. 당시의 시대 적인 분위기가 전부 눈물이니까, 젊은 사람들이 젊은 시절을 눈 물로 보내고 탄식으로 보내고 현실을 자꾸 도피하려고 하니까 자기는 눈물로 보내지 않고 '나는 가겠다'라고 말하고 있는 것이 지요. 어디로 가겠답니까?

두 번째 연을 봅시다, '아늑한 이 항구인들 손쉽게야 버릴거 냐' 아늑한 이 항구를, 정든 이곳을, 손쉽게 버릴 수야 있겠느 냐, 아늑하다고 하는 건 우리나라니까 그렇게 느끼는 것 같고, 항구라는 말로 미루어 볼 때 아마 배 타러 온 것 같죠? 일본으 로 가는 것 같다는 생각이 듭니다. 일본으로 가기 전에 나는 이 곳을 버리고 간다는 거죠.

'안개같이 물어린 눈에도 비치나니/ 골짜기마다/ 발에 익은 묏부리 모양/ 주름살도 눈에 익은 아 사랑하는 사람들'이라고 합니다. 그러니까, 그곳의 묏부리 모양, 산의 모양들, 사랑하는 사람들의 모양들, 이런 것들이 다 버리고 가기에는 안타까운 모습들이라는 거지요. '버리고 가는 사람도 못 잊는 마음/ 쫓겨가는 마음인들 무어 다를거냐'라고 했는데요, 그러니까 버리고 가는 사람이든 쫓기어가는 사람이든 가는 마음은 다 비슷하다는 겁니다. 그 마음이 뭐 어떤 걸까요? 아마도, 이것은 이제 박용철 개인이라고만 볼 것이 아니라 일반화시켜서 본다면 아무것도 가진 것 없이 빈손으로 살던 곳을 떠나는, 그야말로 처참함에 다름 아니겠지요.

식민지 시대 우리 민중들은 먹고살기가 힘들어서 고향을 버리고 가는 경우가 많았잖아요. 우리나라는 대대로부터 농경사회였는데도 농사지어서 먹고살던 바로 그 사람들이 고향을 떠났다는 것입니다. 과연 그것이 무엇을 뜻할까요? 농사가 직업인데, 고향을 떠난다는 것은. 땅을 갖고 떠날 수는 없잖아요, 그렇죠? 그렇다면 땅이 없다는 얘기겠지요. 땅이 많으면 고향을 떠나는 일이란 쉽지 않죠. 땅이 많은 사람은 거기서 농사짓고, 거기서 죽으나 사나 어떻게든 살겠죠. 그러니까 떠난다는 것은 곧 재산 없음. 나 거지임, 그 말입니다. 또 그 말은 달리 말하면, 땅이 있어야 농사를 짓는데, 땅이 없으니까 농사를 못 짓잖아요? 그러니까 농사지을 수 없음, 나 직업 없음, 나 백수임, 이 말입니다. 그러므로 떠난다는 것이 지금과는 의미가 완전히 다르단 말이에요. 그러므로 여기에는 낭만 같은 감정이 개입되기는 어려운 것이지요.

이런 역사가 일제 강점기 때도 있었고, 임진왜란, 병자호란 같은 큰 전쟁을 겪을 때에도 참 많았다고 합니다. 그래서 스스로, 고향을, 나라를, 집을 버리고 중국으로 건너가는 거지요. 왜? 가서 노비 되기를 자청했다는 거죠. 노비가 되면, 먹여주고 재워주기는 하니까, 여기서의 삶은 굶어 죽는 것인데, 가면 먹여주고 재워주니까, 자기 발로 간 사람이 조금 있었던 게 아니고 엄청나게 많았다고 합니다. 병자호란 때에도 그런 일이 비일비재 했다고 합니다.

여기서 버리고 간다, 쫓겨 간다는 이 이야기를 한 번 보세요. 내가 보기에는 어떤 진정성이나 구체성이 여기에는 결여되어 있는 것 같아요. '버리고 가는 이도 못 잊는 마음/ 쫓겨 가는 마음인들 뭐 다를 거냐/ 돌아다보는 구름에는 바람이 웃는다/ 내가 가서 기댈 언덕이나 마련되어 있겠느냐'와 같은 표현은 뭔가 좀 절실함이 느껴지지 않는다는 거지요. 고향을 버리고 떠나는 사람이, 아 이제 배 타고 물 건너 저기 어디를 가면, 일본일 수도 있고 다른 곳일 수도 있겠지만, 저기에 가면 이제 고생길이 훤하게 열렸구나, 미치겠다, 가진 것도 없고 할 줄 아는 것도 없고, 아는 사람도 없고, 뭐 해서 먹고 살지 하는 이런 절박한 심정이 별로 묻어나지 않는다는 거예요. 아마도 그것이 박용철이 부잣집 아들이었고, 항구에서 배를 타는 것이 박용철의 경우에는 유학 하러 가기 위해서였기 때문에, 또는 새로운 서양 문물들을 접하기 위해서 가는 것이었기 때문이 아닐까 합니다.

떠나는 박용철의 심정 한편으로는 내가 우리 동족들과 마찬가지로 고향을 떠나가게 되는구나, 이 중에는, 나 말고 다른 사람들은 고향을 어쩔 수 없이 버리고 가는 사람들도 있을 것이고, 쫓겨 가는 사람도 있을 것이다, 이런 민족적 비애를 느끼는 것도 있었을 것입니다. 그러나 다른 한편으로는 들뜨고 설레는 마음도 있었을 거란 말이죠. 그러다 보니까 배를 타고 항구에서 고향을 떠나기 직전에 느끼는 이 심정에서 구체적인 절박함이나 슬픔 같은 것은 별로 드러나지 않는다는 거지요. 그런 점에서 볼 때 박용철의 이 시는 그다지 성공작이라고 보기는 어렵다는 생각이 듭니다. 오히려 박용철은 평론에서 훨씬 더 빛을 발하지 않았나 하는 생각이 듭니다. 평론가로서의 박용철에 관해서는 따로 말하기로 하겠습니다.

그렇다면 이런 생각도 해볼 수 있죠. 그럼 박용철이 왜 자꾸

거론되는가? 작품도 별로라면서, 「떠나가는 배」도 읽어보니까 유치하구만, 이게 뭐 대단한 작품도 아닌 것 같은데, 이렇게 생각할 수도 있겠죠. 왜 박용철 얘기가 나올까요? 그것은 남북이 분단되고 정치적으로는 이승만, 박정희 이런 사람이 남한의 대통령의 자격을 이어갔고, 북한에서는 김일성과 해방 전부터 활동했던 빨치산 세력이 정치세력의 정통을 이루게 되었잖아요. 그런 것처럼, 남북이 나누어지면서, 북쪽에는 카프(KAPF)나 사회주의문학 쪽에 종사했던 사람들이 문학사의 정통을 이루게 됐고, 남한에서는 시문학파 쪽 사람들을 중심으로 한, 순수시를 지향한 사람들이 남한 문학사를 대표하는 정통성을 갖게 되었단 말이에요. 그러다 보니까 이쪽 계열을 자꾸만 살려주고 키워줄 수밖에 없었던 거예요, 시문학파 쪽을. 그런 좀 뭐랄까요, 정치적, 이념적인 이해관계도 작용했다고 봅니다. 어떤 면에서 보면 그런 역학관계를 이해하는 것이 어른이 되어가고 세상을 이해해 가는 과정이기도 하겠지요. 물론 이는 긍정적인 의미와 부정적인 의미를 모두 포함하는 말입니다.

# 8

## 심 훈 「그 날이 오면」

— 저항시의 백미

## 심훈 「그 날이 오면」

그날이 오면, 그날이 오면은
삼각산이 일어나 더덩실 춤이라도 추고
한강물이 뒤집혀 용솟음칠 그날이
이 목숨이 끊지기 전에 와주기만 할 양이면,
나는 밤하늘에 나는 까마귀와 같이
종로의 인경을 머리로 들이받아 울리오리다,
두개골은 깨어져 산산조각이 나도
기뻐서 죽사오매 오히려 무슨 한이 남으오리까

그날이 와서 오오 그날이 와서
육조 앞 넓은 길을 울며 뛰며 뒹굴어도
그래도 넘치는 기쁨에 가슴이 미어질 듯하거든
드는 칼로 이 몸의 가죽이라도 벗겨서
커다란 북을 만들어 둘처매고는
여러분의 행렬에 앞장을 서오리다,
우렁찬 그 소리를 한 번이라도 듣기만 하면
그 자리에 거꾸러져도 눈을 감겠소이다.

우리 문학사를 공부하다 느낀 안타까운 것 중의 하나가, 일제의 세력이 워낙 강했기 때문에 우리가 우리 힘으로 해방될 것이라고 생각했던 사람이 거의 없었다는 겁니다. 그래서 일제 강점기의 문학사에서 좀 이름을 날렸던 문인들 중에 대부분이 친일했다는 사실이 안타깝지요. 특히 1910년대는 소위 이인 문단 시대라고 해서, 두 사람이, 최남선하고 이광수 두 사람이 문단을, 문단뿐만 아니라 문화계를 주름잡고 있었는데, 이런 사람들이 대표적인 친일파로 됐단 말이에요. 그러니까 일반 시민들 입장에서는 존경하던 사람들이 저렇게 변했구나, 뭔가 이유가 있겠지, 하고 생각하면서 그들의 말을 귀담아듣게 되었죠. 그러면서 그 얘기에 솔깃해서 친일로 기울어지는 사람들이 상당히 많았을 거란 말이에요.

그러던 와중에도 마지막까지 지조를 지키고 절개를 지키고 해방에 대한 자기의 염원을 문학적으로 형상화했던 사람들은 그렇게 많지 않았습니다. 정말이지 손가락으로 꼽을 만큼 몇 명 안 됩니다. 이육사, 윤동주, 심훈 이런 사람들이 그 사람들이고 그 외에는 다 카프 쪽 사람들이에요. 그런데 학교에서는 카프 쪽의 저항시는 잘 안 가르쳐 주잖아요, 전공자들 중에서나, 그 쪽에 관심 있는 사람들이나 좀 알고 있고, 그나마 그 계열에 있었던 사람들이 발표했던 작품들을 찾아보기는 쉽지 않단 말이지요.

여하튼 저항 시인이 그다지 많지 않았던 그 시절에 심훈이라는 사람이, 우리한테는 굉장히 귀한 저항 시인입니다. 이런 시를 발표했습니다. Bowra라는 사람이 있는데요, 이 사람이 옥스퍼드 대학의 총장인가 부총장인가를 했던 사람인데, 이 사람이 전 세계의 저항시들을 모아서 소개를 했습니다. 그중에 우리나라를 대표하는 시로 딱 한 편, 바로 이 시를 한국을 대표하는 저항시로 소개한 적이 있습니다.

이 시를 쓰는 심정은 목숨을 걸고라도 어떻게 하겠다, 이런 심정이잖아요. 그러니 읽을 때에도 아주 격정적으로 읽어야 된단 말이죠. 그럼 격정적으로 작품을 봅시다. '그날이 오면'이라고 했으니까, if, 즉 가정이죠. 만약에 온다면, 삼각산, 즉 임금이 계신 북한산, 궁궐 뒷산이 일어나 춤을 추고, 한강 물이 뒤집히고 용솟음치게 된다면, 그렇게 된다면 나는 종로에 있는 그 종을, 매년 12월 31일에서 다음 해 1월 1일로 넘어가는 그 순간에 서울 시장을 비롯한 높은 사람들이 모여서 '딩딩딩' 하면서 치죠? 바로 그 종로의 그 종을 머리로 들이받아 울리겠다, 해방됐다는 기쁨의 표시로 종을 치겠다, 그렇게 해서 내 머리가 깨어져서 산산조각이 나도 기뻐서 죽는 건데 무슨 한이 남겠나, 그렇게 말하고 있습니다. 그만큼 해방에 대한 염원이 간절한 것이죠.

두 번째 연에 가면 더합니다. 머리가 깨어지는 정도가 아니라 자기 몸의 가죽을 벗겨서 그 가죽을 가지고 북을 만들어서, 북을 둥둥둥 치게 된다고 하더라도 해방만 된다면, 그렇게 죽더라도 눈을 감겠다는 겁니다. 그렇게 자신의 목숨을 버려서라도, 내가 희생되어서라도 해방이 된다면 나는 만족한다는 아주 강한 해방에 대한 갈망이 나타난 작품입니다. 거기에 대해서 서울대 교수였던 김윤식 교수는 육체 파괴를 전제로 하여 상정되는 황홀 기운이다, 그리고 나르시시즘적인 요인을 머금고 있다, 그리고 죽음의 한순간에 달성되는 환각, 이것은 또 다음 순간에 바로 사라지는 운명에 있기도 하다, 이런 식으로 해석했습니다. 어쨌거나 간에 이 시는 이런 민족적인 저항 의식 같은 것을 아주 강하게 표현한 것으로 볼 수 있겠습니다. 별로 어려운 시가 아니라 이 정도로 소개하고 넘어가겠습니다.

# 9

## 김기림 「바다와 나비」
— 연약한 지식인의 비애

## 김기림 「바다와 나비」

아무도 그에게 수심(水深)을 일러준 일이 없기에
흰 나비는 도무지 바다가 무섭지 않다.

청무우밭인가 해서 내려갔다가는
어린 날개가 물결에 절어서
공주처럼 지쳐서 돌아온다.

삼월달 바다가 꽃이 피지 안아서 서거푼
나비 허리에 새파란 초생달이 시리다.

다음 작품은 김기림의 「바다와 나비」입니다. 이 작품을 언제 배웠습니까? 중학교 3학년인가 교과서에 이게 있었던 걸로 알고 있는데, 중3 때 배운 사람이라면 그때 이 시를 이해했습니까, 이 시를? 쉽지 않았을 텐데? 중3 수준에서 이 시를 이해하는 것은 쉽지 않았을 겁니다. 왜냐하면 이 시를 이해하기 위해서는 일제강점기 우리 젊은 지식인들이 처해 있었던 상황, 그들의 정신세계 같은 것을 알아야 하기 때문입니다. 그런 점에서 볼 때 이 시는 중3 수준에서 다루어져야 할 작품은 아닙니다. 적어도 고3쯤 되어야 충분히 이 시의 배경이 이해가 되는 작품입니다. 지금은 고등학교 문학 교과서 일부에 이 작품이 실려 있는 것으로 알고 있습니다.

1920년대 이후부터 나타난 사회주의 문학에 대한 '반작용' 중에서, 가장 큰 스펙트럼을 가지고 있었던 것이 1930년대의 모더니즘 계열이라고 할 수 있습니다. 물론 이 사람들이 모더니즘 하자 이러고 했던 것이라기보다는, 의식적으로 그렇게 했던 사람들도 있지만, 그런 경향이 자연스럽게 나타날 수밖에 없었던 것이라고 봐야 합니다. 서구의 문물이 막 밀려들어 오니까, 그런 사회적인 분위기를 타고 많은 젊은이들이 일본 유학을 갔다 왔습니다. 그러니까 당연히 서양 것 흉내도 내고, 또 일본에 가서 보고 온, 우리보다 훨씬 발달되어 있는 서구 문물들을 흉내 내었을 거란 말이에요. 그것이 문학에서도 나타나니까 당연히 모더니즘 경향이 있을 수밖에 없겠지요. 그런 모더니즘 경향 중에, 이미지의 중요성을 강조하는 이미지즘이 있었고, 주지주의가 있었지요. 해외문학파 같은 부류도 있었습니다.

1920년대 중반까지 낭만주의적 경향이 지배적이었는데, 이들은 대단히 감정적이었다는 말을 한 바 있습니다. 그다음에 20년대 후반부터 30년대 중반까지 있었던 카프도 역시 감정이 상당히 과잉되어 있었던 사람들입니다. 그러다 보니까 우리 좀 감정을 차분히 가라앉히자, 하는 사람들이 나타났는데 그것을 일러 주지주의라 할 수 있지요. 또 그 대표적인 사람이 정지용이라고 할 수 있습니다.

김기림도 바로 그런 면에서 볼 때, 주지주의라고 말할 수 있는 사람입니다. 감정적이기보다는 지성적인 태도로 작품을 했다는 거죠. 이 작품도 역시 그런 주지주의적인 경향이 나타납니다. 또 동시에 시각적 이미지를 강조했던 이미지즘의 영향도 상당히 많이 드러납니다. 흰 나비, 청무우밭, 그다음에 새파란 초생달과 같은 이런 색채 이미지들이 강조되어 있다는 것입니다. 거기다가 마지막에 보면 '나비 허리에 새파란 초생달이 시리다' 까지가 시각적이자 촉각적인 이미지라고 할 수 있지요. 여하튼 감각적인 이미지 사용을 즐겨 했습니다.

애기는 이렇습니다. 아무도 나비에게 물이 얼마나 깊은지 알려주지 않아서, 놀기 좋은 데인 줄 알고 갔다가, 하나도 무섭지 않았고, 청무밭인가 싶어 놀기가 좋겠구나 하고 갔다가 물에 빠질 뻔한 위기를 겪고 공주처럼 지쳐서 돌아왔다는 거지요. 여러분들도 배워서 아는 작품이겠지만 이렇게 현실이 어떤 것인지도 모르고 갔다가 지쳐서 돌아오는 나비의 모습이, 공주 같은 나비의 모습이, 연약하다는 거죠. 세상 물정 모른다는 거죠. 왕자도 아니고 공주라고 하는 것은, 여성명사를 사용하는 것으로 봐서, 남성명사인 왕자에 비해서 더 약하다는 것을 드러낼 수 있기 때문이었겠죠? 거기다가 또 나비잖아요? 다른 곤충도 아니고. 그러니까 이 '공주처럼'이라고 하는 말이 갖는 나약한 이미지, 세상 물정 모르는 나비의 이미지, 그 이미지가 바로 당시의 우리 젊은 지식인을 뜻한다고 볼 수 있죠. 당시의 젊은 지식인들이 세상이 어떤 곳인 줄도 모르고, 그냥 자기가 놀기 좋은 곳인 줄 알고, 자신이 마음먹은 것은 다 이루어질 것인 줄 알고 덤볐다가 결국은 현실 앞에서 나약하고 허무하게 무너져버리는 거죠. 그래서 날개가 물결에 절어서, 온몸이 무거워져서, 축 처져서 날갯짓도 제대로 못 하고 지쳐서 돌아올 수밖에 없는 거죠.

이 '지쳐서 돌아온다'는 것을 넓게 해석하면 세상살이에 지쳐서, 현실에 지쳐서, 라고도 볼 수 있고, 조금 좁혀서 얘기하면 일본에 갔다가 일본 유학 생활에 지쳐서, 라고 볼 수도 있지요. 이렇게 지쳐서 돌아오게 되는 우리 젊은 지식인들의 모습을 나비의 모습으로 이렇게 형상화해 놓은 거죠. 이것을 두고 서울대 국문과에 있었던, 김윤식 교수는 현해탄 콤플렉스라고 불렀습니다. 현해탄이라고 하는 부산 앞바다와 일본 사이의 그 해협을, 우리말로는 대한해협이라고 하는 이 바다를 왔다 갔다 했던 당시의 젊은 지식인들이 가졌던 의식의 이중성, 이것을 두고 현해탄 콤플렉스라고 칭했던 것입니다.

한편으로는 야, 저 바다를 건너면 내가 새로운 세계를 접할 수 있구나, 저 바다를 건너면 내가 일본의 잘 발달한 새로운 문학을, 학문을, 새로운 문물을 받아들일 수 있겠구나, 나도 신식 학문을 배워 올 수 있겠구나, 라는 생각을 가지고 가는 거죠. 그러나 가서 느끼는 것은 아마 이랬을 겁니다. 아! 나는 식민지 조선의 별 볼 일 없는 힘없는 청년에 불과하구나, 내가 할 수 있는 것은 아무것도 없구나, 내가 여기서 공부하고 돌아가도 조선에서든 또는 일본에 계속 남아있든 제대로 된 직업도 갖기가 힘들고, 세상에서 출세하기도 힘들고, 내가 알고 있는 이것을, 생각하는 것을 제대로 펼치기도 쉽지 않구나, 그렇게 느끼게 되는 거죠. 이 사이에서 내적 갈등이 생기고 복잡해지는 거죠. 이 갈등이 길어지면, 그런 시간이 길어지다 보니 많은 사람들이 친일도 하게 되고 지치게도 되고, 사회주의에 기대기도 하고 그랬을 겁니다. 그중 한 지식인의 고뇌가 이런 지친 나비의 모습으로 나타나 있습니다. 이 나비는 김기림의 모습이기도 하고, 또 다른 문인이기도 하고 식민지 청년 모두의 모습이기도 합니다.

# 이상 「오감도」

— 모던을 넘어선, 초현실

## 이상 「오감도(一시 제1호)」

13인의아해가도로로질주하오.
(길은막다른골목이적당하오.)

제1의아해가무섭다고그리오.
제2의아해가무섭다고그리오.
제3의아해가무섭다고그리오.
제4의아해가무섭다고그리오.
제5의아해가무섭다고그리오.
제6의아해가무섭다고그리오.
제7의아해가무섭다고그리오.
제8의아해가무섭다고그리오.
제9의아해가무섭다고그리오.
제10의아해가무섭다고그리오.

제11의아해가무섭다고그리오.
제12의아해가무섭다고그리오.
제13의아해가무섭다고그리오.
13인의아해는무서운아해와무서워하는아해와그렇게뿐이모였소.
(다른사정은없는것이차라리나았소)

그중에1인의아해가무서운아해라도좋소
그중에2인의아해가무서운아해라도좋소
그중에2인의아해가무서워하는아해라도좋소
그중에1인의아해가무서워하는아해라도좋소

(길은뚫린골목이라도적당하오.)
13인의아해가도로로질주하지아니하여도좋소.

이상에 대해 말하기에 앞서 1930년대 모더니즘의 등장에 대해 조금은 장황하게 언급할 필요가 있을 것 같습니다. 그래야 모더니즘 계열에 속하는 많은 시인들 중에서도 김기림, 정지용, 이상, 김광균 등의 위상과 의미가 조금 더 자세히 밝혀지리라 믿기 때문입니다.

앞서 이야기할 때 1925년에 우리 문단에서 어떤 사건이 있었다고 했습니까? 카프가 생겼다고 그랬죠, 1925년에 카프라는 단체가 생겨가지고 이것이 1935년까지 계속됩니다. 물론 이들은 더 오래, 활발히 활동하고 싶었지만 일제의 탄압 때문에 계속 단체가 유지되지 못하고 1935년도에 해체되게 됩니다.

그와 관련해서 조금 더 이야기를 보태자면, 1930년대 중반이라는 이 시기는 우리나라에서뿐만이 아니고 다른 동아시아에서도 일제의 탄압이 극도에 달하기 시작하는 때입니다. 일본 제국주의 입장에서 볼 때는 사회주의 운동을 한다는 것은 자기들에게 굉장히 위험한 일이었습니다. 단순히 하나의 이념적인, 사상적인 운동 정도로 끝나는 것이 아니라 사회주의 사회를 건설한다는 것은 곧, 노동자, 농민계급이 해방된다는 것이고, 노동자, 농민 계급이 해방되려면 지주, 자본가 이런 계급들을 타도해야 되니까, 일본 제국주의 입장에서는 자기들과 결탁한 세력들, 자본가나 지주들 세력이 무너지는 것을 의미하고, 그것은 곧 자기들이 세워놓은 식민지 지배체제가 허물어진다는 것을 의미합니다. 그래서 노동자가 해방되고, 여성이 해방되고, 억눌린 사람들이 다 해방되면, 자기들이 억누를 사람들이 없어지니까 묘하게도 민족주의 해방운동과 사회주의 운동은 결과론적으로 볼 때 상당히 상통하는 부분이 많았다는 거죠.

그래서 아 위험하다, 안 된다, 이대로 두어서는 자기들의 식민체제를 계속 유지해 나갈 수 없겠구나, 하고 탄압하기 시작합니다. 그래서 아주 엄청난 탄압을 합니다. 1차, 2차에 걸쳐서 한 번은 1931년, 한 번은 1934년, 두 번에 걸쳐서 카프 조직원들에 대한 검거 선풍이 일어나게 되는데, 정확한 숫자는 기억나지 않지만, 단위가 백 단위가 훨씬 넘어갑니다. 이때 잡혀 구속된 사람들의 숫자가. 그러니까 한번 생각해 보세요. 우리나라에서 무슨 큰 사건이 있어서 누구를 잡아간다 할 때 백 명씩 잡아가는 경우가 있습니까? 거의 없습니다. 과거에 민주화운동 한다고 한창 그럴 때 학생운동 조직이나 노동운동 조직에 대해서 가끔 검거 선풍이 일어나면 수십 명씩, 백 명씩 검거되는 경우가 있었습니다만 그것도 꽤 오래된 일입니다. 여하튼 두 번에 걸쳐서 이렇게 전국적인 검거 선풍이 일어나게 되니까 조직이 와해될 수밖에 없었습니다. 임화가 이때 당시에 카프 서기장인가, 높은 자리에 있었습니다. 그때 임화가 카프 해산계를 제출하게 됩니다. 어떤 이야기에 의하면 일본 경찰에 회유되었다 하는 이야기도 있고, 또 그렇지 않고서는 출혈이 너무 컸으니까 어쩔 수 없었을 것이라고 말하는 사람들이 있는데, 어쨌든 임화가 카프 해산계를 제출하고 1935년에 카프라는 단체가 공식적으로 와해되게 됩니다.

카프 얘기가 길어졌는데요, 이렇게 1925년부터 1935년까지 십여 년 동안 그리고 식민지 시대 때 우리 문학사에 있어서 가장 활발한 작품 활동이 이루어졌던 이 시기에 문단을, 쉽게 말해서 주름 잡았던 것은 카프였다는 거예요. 이 시기 우리 문단의 지배적인 세력이 사회주의 문학 하는 사람들이었다는 거죠. 이것은 중·고등학교에서는 잘 안 가르쳐 줍니다. 또 대학에서도 문학사나 이 시대의 문학을 전공하지 않은 사람들은 정확하게 잘 몰라요.

근데 이 당시의 여러 가지 문단의 분위기들을 점수로 평가한다면요, 당시 여러 문예지나 신문에 발표되었던 글들이라든지, 그 사람들이 논쟁을 하면서 치고받았던 내용들을 참고해 보면, 전체 100 중에서 카프가 차지하는 비중이 한 50 정도 된 것 같고, 나머지 50 가지고 여러 유파들이, 예를 들어서 20년대 중반, 후반에 나타나는, 민족문학파, 국민문학파라고 하는 사람들도 조금 나누어 갖고 있었고, 30년대 초에 나타나는 시문학파, 인생파 같은 사람들, 그런 사람들도 조금 가지고 있었고, 모더니즘 계열 사람들도 조금 가지고 있었고, 특히 모더니즘 계열 같은 경우는 30년대가 되면 조금 많아지죠, 한 20이나 30 정도에 해당할 만큼 꽤 많이 가지고 있었고, 이런 식으로 세력들을 여러 갈래로 나누어 갖게 됩니다.

그래서 모더니즘이라는 것도 '작용—반작용'에서 '반작용'으로 볼 수 있다는 거죠. 카프와 같은 이런 사회주의 문학이 전체 우리 문단의 가장 큰 주류를 형성하고 있었던 '작용'으로 있었다면, 모더니즘은 그에 대한 '반작용'으로서의 성격이 강하다고 볼 수 있다는 겁니다. 물론 모더니즘의 출현이 시대적인 당위였던 것은 두말할 필요가 없겠지만요.

그러니까 정리해서 말하자면 이 작용이라는 것이 뭡니까, 1910년대 말 20년대 초에는 뭐라고 할 수 있습니까? 주류가? 감상적이고 퇴폐적인 낭만주의라고 할 수 있다 그랬잖아요. 맨날 징징 짜고 탄식하고 하던 이런 경향에서, 야 너무 눈물 짜지 말자, 현실을 좀 바로 보자, 라는 반작용으로 등장한 것이 리얼리즘이었단 말이지요. 그리고 러시아, 일본, 미국 같은 세계적인 사회주의 열풍이랄까, 유행이랄까, 이런 것을 등에 업고, 우리나라에서도 이 사회주의가 메인스트림을 형성하게 된다는 말입니다. 즉, 처음엔 '반작용'으로 등장했지만 이제는 하나의 '작용'으로 큰 힘을 형성하게 되었다는 거지요.

1930년대에 들어서면서 이에 대한 다양한 '반작용'이 나타나는데, 그중의 하나가 이념 같은 거 담고 있는 시 말고, '순수시' 하자는 시문학파가 있었고, 그다음에 유치환, 서정주 같은 생명파(이에 대한 이야기는 저작권 문제 등으로 다음 기회로 미루어야 할 것 같습니다), 또 지금 얘기하고 있는 모더니즘 계열이 있습니다. 이 모더니즘은 좀 다양하게 나타납니다. 모더니즘 안에서도 모던한 경향들이 다양한 모습으로 존재했는데요, 예를 들면 우선, 초현실주의가 있습니다. 이상 같은 사람의 시가 여기 속하죠. 이상의 작품, 특히 오감도 시리즈 같은 것을 보면 뭔 소린지 하나도 알 수가 없죠. 지금 봐도. 알 듯하다가도 또 조금만 깊이 들어가면 그게 아닌 것 같고, 도무지 알 수가 없습니다.

우리나라 문학사에서 시인이자 소설가였던 이상에 관한 논문이 가장 많다고 합니다. 그럼에도 이상에 대해서 명확하게 어떠하다고 말할 수 있는 것은 아무것도 없습니다. 물론 소설 같은 경우는 시에 비해서 이해하기가 쉬워서 이상의 천재성이 소설에서 어떻게 나타나는지 설명할 수 있는 경우가 많이 있는데, 시에서는 천재성이라고 말하기에는 조금 뭐한 경우가 있습니다. 천재라고 말할 수 있으려면 보통 사람의 상식 수준에서 천재임이 증명되어야 하는데, 그것이 인정이 안 되니까, 천재라고 말하기도 좀 그렇고, 비정상인 것 같기도 하고, 그야말로 그것이 종이 한 장 차이인 거예요, 정말 종이 한 장 차입니다. 보통 사람인 우리가 볼 때 이해가 되면 천재인 거고, 보통 사람인 우리가 볼 때 이해가 안 되면 비정상이 되는 거죠.

　　그 다음으로 모더니즘 시인 중에는 이미지의 중요성을 강조하는 사람들이 있었습니다. 그것을 '이미지즘'이라고 합니다. 김광균, 그리고 정지용 같은 사람들이 이미지를 특히 강조했던 사람들이라고 할 수 있습니다. 모던하다는 것이 무슨 뜻입니까? 근대적이다, 현대적이다 이 말이지요? 당시의, 1920년대, 30년대에 근대적인 것이 모여 있는 곳이 어디입니까? 장소가? 도시지요. 그럼 가장 도시라고 할 만한 곳은? 서울이지요. 당시 이름으로 경성이라는 곳이지요. 다시 말해서 모더니즘이라는 것은 곧 도시적이다, 서울적이다 이렇게 말할 수 있다는 것입니다. 그래서 가장 도시적인 것이 많이 모여 있었던 장소인 도시를 배경으로 하는 작품들이 많이 등장합니다.

대표적으로 도시 소설이 있습니다. 이 도시에서 일어나는 세태를 보여주니까 세태 소설이라고도 하지요. 이런 것들이 이상의 작품이나 박태원의 작품에 자주 나옵니다. 가령 박태원의 「천변풍경」이라는 소설이 있습니다. 이 제목은 청계천 주변의 풍경이라는 뜻이지요. 청계천 주변에 옛날에는 못사는 사람들이 많이 모여 살았대요. 청계천 주변에 판자촌을 다닥다닥 지어놓고, 지금 보면 완전 거지들이죠, 그렇게 살았는데, 한쪽에서는 그 물 떠다가 밥해 먹고, 한쪽에서는 그 물로 빨래하고, 한쪽에서는 머리 감고, 그렇게 개념 없이 살았습니다. 그 속에서 일어나는 여러 모습을 보여준 작품이죠.

카프에 대한 반작용으로서 나타나는 것은 이것 외에도, 청록파 같은, 다른 말로 자연파라고 할 수도 있는, 세상살이 문제나 사상, 역사 따위에는 관심 가지지 않고, 오로지 자연에 관한 것들만 형상화했던 유파들도 있습니다.

이런 다양한 유파 중에서도 이상은 참으로 독보적이라 할 수 있습니다. 혹시 조영남이라는 가수 압니까? 그가 「이상은 이상 그 이상이다」라는 책을 낸 적이 있습니다. 시인이자 소설가였던 이상은, 이 책 제목처럼, 평범한 우리들의 상상 이상의 글들을 발표하여 오늘날까지도 우리의 주목을 끕니다. 이상의 소설들, 예를 들면 여러분들 잘 알고 있는 「날개」라든지, 「봉별기」라든지 하는 소설을 두고, 도시소설, 세태소설 또는 심리소설이라고도 합니다. 물론 좀 더 깊이 들어가면 과연 우리나라에 진짜 심리를 제대로 묘사한 심리소설이라고 말할 만한 것들이 몇 작품이나 있느냐, 이렇게 말하는 사람들도 있기는 합니다만, 어떤 전문적인 견해가 아니라 보편적인 의미에서는 이렇게들 얘기를 할 수 있습니다.

이상의 소설들을 분석해 보면, 특히 「날개」라는 소설은 굉장히 잘 짜인 소설입니다. 치밀하게 계획되고, 잘 만들어진 소설이라는 것을 알 수 있습니다. 그런데 문제는 소설이 아니라 시입니다. 지금 우리가 읽어보게 될 「오감도」 같은 이런 시는 도무지 어떻게 해석하고 받아들여야 할지 막막한 것이 사실입니다. 발표한 지 백 년이 지난 지금까지도 도저히 이해되지 않는, 난해시가 아니라, 해석이 아예 안 되는 불가해시라고 해야 할 시입니다.

단일 작가에 대한 논문이 가장 많은 게 이상이라고 합니다.

이상에 관한 논문만 2천 편이 훨씬 넘는다고 하니깐 그만큼 이상에 관한 연구들이 많이 이루어졌다는 말이고, 그럼에도 불구하고 다 제각기 나름의 주장을 하고 있을 뿐이지, 속 시원하게 아 이런 것이구나, 이렇게 해석하니까 딱 맞아떨어지는구나, 하고 고개를 끄덕일만한 그런 해석은 아직까지도 없다고 할 수 있습니다. 그렇긴 하지만 한 시대의 센세이션을 일으켰던, 논란의 대상이 되었던, 그래서 지금까지도 이런 특별한 시인이 있었다, 이런 독특한 시도 우리 문학사에 있었다, 라고 얘기되는 바로 그 작품을 한번 보고 넘어가도록 합시다.

뭔 소리인지 잘 모르겠죠? 그냥 뭐 좀 거칠게 그리고 아주 간단하게 반응한다면, 미친놈 아닌가? 뭔 소리고? 하는 반응을 보일 수 있습니다. 내용을 한번 봅시다. 열세 명의 아이가 있는데 ('아해'라는 말은 아이라는 말입니다. 그러니까 우리 맞춤법이, 지금 우리가 사용하는 맞춤법하고, 30년대하고 맞춤법의 차이가 굉장히 많이 났습니다. '아이'라는 말도 '아해'라는 한자 말에서 왔고, '아내', wife라는 말도 '안해'라고 했습니다, 한자로. 그래서 이게 '안해'라는 한자가 바뀌어서 아내가 되었습니다. 그런 말들이 상당히 많이 있습니다) 열세 명의 아해가 도로를 질주하는데 길은 막다른 골목이 적당하다, 그랬습니다. 마지막 연에, 길은 뚫린 골목이라도 적당하고, 열세 명의 아이들이 도로를 질주하지 않아도 좋다고 합니다.

정리하자면 첫째, 아이는 열세 명이 있다는 사실입니다. 둘째, 길은 막다른 골목이든 뚫린 골목이든 상관없다는 겁니다. 셋째, 이 열세 명의 아이가 도로를 달리든 달리지 않든 상관없다는 겁니다. 도대체 이게 뭘 말하는 걸까요? 그야말로 정말 암호 같지요?

작품을 좀 더 봅시다. 이 열세 명의 아해는 차례대로 열 번째까지 쭉 가다가, 연을 바꾸어서 열하나, 열한 번째부터 열세 번째 아이까지가 무섭다고 합니다. 뭐가 무서운지는 안 나타나 있습니다. 그냥 무섭다고 합니다. 그다음에 이 열세 명의 아해는 무서운 아해와 무서워하는 아해와 그렇게 모였다고 합니다. 그중에 한 명의 아해가 무서운 아해라도 좋고, 두 명의 아해가 무서운 아해라도 좋고, 두 명의 아해가 무서워하는 아해라도 좋고, 한 명의 아해가 무서워하는 아해라도 좋다고 합니다. 그 말은 아까 우리가 앞에서 도로를 질주한다, 또 길은 막다른 골목이냐 뚫린 골목이냐가 상관없다고 했잖아요. 도로를 질주하든 안 하든 상관없고, 골목이 뚫렸든 막혔든 상관없다고 했잖아요. 그것처럼 아마도, 무서워하는 아해든 무서운 아해든 그게 한 명이든 두 명이든 몇 명이든 상관없다는 말로 들립니다. 즉, 그 말은 현대를 살아가는 우리 모두가, 무서워하는, 우리 모두가 열세 명이라고 가정할 때, 무서워하는 존재이기도 하면서, 동시에 우리가 그러한 불안을 만들어내는, 공포를 조장하는 존재이기도 하다는 거죠. 그것이 한 명일 수도 있고 두 명일 수도 있고, 또는 열세 명 다일 수도 있다는 것이 아닐까, 하는 겁니다. 그렇게 본다면 이 작품은 비교적 단순하고 명백하게 의미가 밝혀지리라고 생각이 됩니다. 물론 이는 하나의 관점일 뿐입니다.

열세 명이라고 하는 숫자 13이 의미하는 것이 서양에서 말하는 불길한 숫자 13을 뜻하는, 13일의 금요일이라고 할 때의, 그 13을 의미하는 것인지, 또는 구체적으로, 예수와 그의 제자를 합한 숫자 13을 의미하는 것인지 그것은 그렇게 중요하다고 생각되지 않습니다. 다만 이 13이라고 하는 숫자는 불길한 숫자를 뜻하는 것이고, 현대를 뜻하는 숫자이고, 또 그 숫자는 모두를 의미하는 것이라고 볼 수 있습니다. 모여 있는 이 모든 아이들은 열심히 앞으로 향해서 달리지만, 현대문명이 또는 현대인이 앞으로 향해 달리지만, 달리는 것이나 안 달리는 것이나 똑같고, 이 상황 자체가 무서운 상황이고, 그 무서운 상황 속에서 모두는 무서워하기도 하지만 사실은 그 자신이 이러한 무서움을, 공포를 만들어내는 존재, 우리 스스로가 이 시대의, 이 사회의,

이 세상의 공포를 만들어내는 존재이기도 하다, 라는 것이 아닐까 합니다. 그렇게 본다면 이 세상이 막다른 골목이든, 이 세상이 뚫린 골목이든 상관없는 거죠. 어차피 지금 똑같은 일이 우리들 자신에 의해서 계속해서 저질러지고 있으니까, 세상을 더 힘들게 만들고 불안하게 만들고 그것에 동조하고 있으니까, 그렇게 볼 수 있지 않겠나 싶습니다.

물론 이러한 이상의 작품이 나오게 된 데에는 시대적인 배경이 있습니다. 서양 물을 좀 먹었던 거죠, 말하자면. 그래서 띄어쓰기 무시하고, 일부러 좀 어렵게 쓰고, 숫자로만 된 시도 쓰고 그랬습니다. 「환자의 용태에 관한 문제」 같은 시가 그런 것인데요, 거기에 어떤 철학적인 의미를 담아내려고 했다기보다는, 그러한 의도로 멋을 부려 보고 싶었다는 것, 그런 거죠. 그게 바로 모더니즘입니다. 예를 들어서 옷을 입는데, 머리 모양을 어떻게 하고, 옷을 어떻게 입고, 신을 어떻게 신고 등등, 여러 가지를 생각할 것 아닙니까? 난 머리 모양은 어떻게 해야겠다, 어떤 옷을 입어야겠다, 이런 걸 입고, 어떻게 멋을 내야지, 구두는 어떤 것을 신어야겠다, 이렇게 생각하잖아요. 그때에 실용성만 생각하지는 않잖아요. 멋, 남들이 어떻게 볼 것인가, 유행, 이런 걸 고려하잖아요. 모더니즘이 바로 그런 겁니다. 모더니즘은 실용적인 것은 아니란 말이지요. 멋, 유행, 어떤 흐름. 이런 것을 고려해서 쓰인 작품이 바로 모더니즘 계열의 작품들이다, 하는 겁니다.

그래서 모더니즘이라는 것은 당시의 어떤 시대적인, 당시의 사회적인 분위기와 연결 짓지 않고서는 설명될 수 없는 거죠. 그래서 당시의 우리 젊은 지식인들이 처해 있었던 뭐랄까, 식민지적 상황 플러스 멋 플러스 무력감, 거기다가 서양 문학에서 배워온 허무적인 요소, 그다음에 아방가르드적 요소. 아방가르드라는 말은 '전위'라는 거죠, 앞서가는 것, 이런 요소들. 그다음에 이상 같은 경우는 초현실주의의 영향, 다다이즘의 영향, 이런 것들이 복합적으로 작용하면서 이런 작품들을 쓴 것 같아요.

이 작품이 연재될 때, 이상의 이 「오감도」 시리즈를 연재하기로 결정했던 사람이, 이상의 작품을 연재하기로 결정함과 동시에 사표를 써 놨답니다. 그리고는 연재되던 중에 독자들의 항의가 하도 많아서 결국에는 중단하게 됐습니다. 신문에 시리즈를 연재하다가 중단하게 되고, 이상의 시를 싣기로 했던 그 사람이 뭐, 편집국장인지 편집부장인지 그 사람도 결국엔 사표를 내게 되었다는 그런 에피소드도 전하고 있습니다.

이 시에 대해서는 참으로 여러 가지 해석들이 있습니다. 13인은 도대체 무엇을 뜻하느냐, 예수와 제자들을 합해서 13명이다, 위기에 직면한 인류를 뜻한다, 그냥 무수한 사람을 뜻한다, 해체된 자아의 분신을 말한다, 당시의 13도, 우리나라의 13개의 도를 말한다, 이런 등등의 다양한 해석들이 있습니다. 또 이 아이들이 도로를 질주한다는 표현에 대해서도 그렇습니다. 그냥 뭐 모든 이런 해석들이 참조가 되어 있을 뿐이지, 하나의 정답이라고 말할 만한 것은 없습니다. 그리고 또 어찌 보면 거기에는 정답이 있어야 하나, 정답 없어도 상관없지 않나 그렇게 생각해 볼 수 있습니다. 그것이 어쩌면 이상(李箱)적 사고가 아닐까 싶습니다.

그다음에 이상 시에서 또 한 가지 특이한 것은 이 작품은 대칭이 있죠? 맨 위에서, 13인의 아해가 도로를 질주하오, 그리고 맨 끝에 13인의 아해가 도로를 질주하지 아니하여도 좋소, 두 번째 줄에 괄호해 가지고 지금 막다른 골목이 적당하오, 맨 끝에서 두 번째, 괄호해 가지고 길은 뚫린 골목이라도 적당하오, 이런 식으로 쭉 대칭이 되고 있잖아요. 이런 대칭은 숫자를 써서 보여준 「환자의 용태에 관한 문제」라는 다음 시를 비롯한 많은 작품에서 나타납니다. 이런 것뿐만 아니고 이상의 시에는 다음 시와 같은 당시의 시에서는 아무도 시도하지 않았던 기하학적인 모양들도 많이 사용되고 있습니다.

환자의 용태에 관한 문제.

  * 0 9 8 7 6 5 4 3 2 1

  0 * 9 8 7 6 5 4 3 2 1

  0 9 * 8 7 6 5 4 3 2 1

  0 9 8 * 7 6 5 4 3 2 1

  0 9 8 7 * 6 5 4 3 2 1

  0 9 8 7 6 * 5 4 3 2 1

  0 9 8 7 6 5 * 4 3 2 1

  0 9 8 7 6 5 4 * 3 2 1

  0 9 8 7 6 5 4 3 * 2 1

  0 9 8 7 6 5 4 3 2 * 1

  0 9 8 7 6 5 4 3 2 1 *

진단 0 : 1

26.10.1931

이상 책임의사 이 상

# 오장환 「붉은 산」

— 헐벗은 우리, 우리 땅

## 오장환 「붉은 산」

가도, 가도 붉은 산이다.
가도 가도 고향뿐이다.
이따금 솔나무 숲이 있으나
그것은
내 나이같이 어리고나.
가도 가도 붉은 산이다.
가도 가도 고향뿐이다.

오장환의 작품입니다. 굉장히 시가 짧은데, 한번 읽어봅시다. 참고로 이 작품이 발표된 것은 1945년 12월입니다.

작품이 굉장히 짧습니다. 그런데 이 짧은 시가 보여주는 것이 해방을 전후로 한 일제 강점기, 그리고 해방 직후 우리 사회의 모습, 우리 국토의 황폐함을 잘 보여준다고 할 수 있습니다. 지금은 붉은 산이라는 걸 볼 수가 없잖아요, 여러분은 상상이 됩니까, 붉은 산이라는 게? 산에 나무가 하나도 없다고 생각해 보세요. 밖에 보이는 저 산에 나무가 하나도 없고 그냥 흙만 있다고 생각해 보세요. 엄청나게 많은 흙을 쌓아 놓은 것 같다고 생각해 보세요. 보기 싫겠죠? 그런데 그게 당시 우리 산의 모습이었단 말이에요.

내가 어렸을 때만 해도 가는 데마다 산림녹화 어찌구 하는 팻말을 커다랗게 써서 온 데 붙여 놨었어요. 식목일만 되면 애어른 할 것 없이, 아침 아홉 시면 운동장에 모여서 체육복 입고, 장갑 끼고 호미나 삽 같은 것을 들고 전부 산으로 갔습니다. 그래서 공무원부터 학생들까지 전부 다 나무 심었거든요. 그렇게 계속해서 나무를 심고, 심고 또 심고, 산에서 나무 베는 것도 못 하게 하고, 입산 통제시키고. 그렇게 한 결과 그 조그만 소나무들이 자라 지금의 산들은 이렇게 산림녹화에 성공한 거예요. 이 땅의 많은 산들이 민둥산이었다는 거죠. 하도 베어 대고 산불도 났을 테고 그러다 보니 나무가 자랄 새가 없었던 거죠.

그래서 오장환이 한 말이 뭡니까. '가도, 가도 붉은 산이다' 그랬지요. 여기 쉼표 찍어놨잖아요. '가도, 가도'에. 가도, 쉬었다 또 가도 붉은 산밖에 보이지 않았던 절망적인 현실을 이 짧은 두 마디가 보여줍니다. '가도 가도 고향뿐이다'라고도 합니다. 그러니까 '붉은 산이다'와 '고향뿐이다'가 동격인 것처럼 처리되고 있죠? 고향의 모습도 바로 이런 황폐해진 모습, 벌거벗은 모습에 다름 아닙니다. 수탈로 인해서, 먹을 게 없다 보니 우리 스스로 산에 가서 나무해 오고 땔감하고, 이러다 보니 더 이상 얻을 것 없는 자연이 되어 버린, 이것이 바로 우리 국토의 모습일 뿐만 아니라 우리 고향의 모습이었다는 것입니다.

시인은 '이따금 솔나무 숲이 있으나, 그것은 내 나이같이 어리구나'라고 말합니다. 이따금 소나무 숲이 있기는 하지만 아직 이것은 쓸모가 없습니다. 좀 더 자라야 이것을 베어서 땔감으로 쓰든, 나무를 해다가 집 짓는 데에 쓰든 할 텐데, 아직은 어린

나무들밖에 없다는 거죠. 산에는 아직 쓸모없는 키 작은 소나무만 있고, 나 역시 아무 힘이 없는 무용지물이라는 것이지요. 우리 땅의 황폐함에 대한 절망이자 동시에 나 자신에 대한 절망과 무기력함이 '내 나이같이 어리구나'라는 표현에 드러나 있습니다.

그래서 또 절망을 하는 겁니다. 가도 가도 붉은 산이다, 가도 가도 고향뿐이다, 하는 거죠. 그래서 이 짧고 아주 단순한 작품, '가도, 가도 붉은 산이다'라는, 이 단순한 이야기가 해방 직후, 해방이 되어도 마냥 행복하지만은 않았던 당시의 현실을 아주 잘 대변해 주는 말이 될 수 있는 겁니다. 가도 가도 붉은 산밖에 없었던 현실을 견뎌내야 했던 우리 청년들은 얼마나 힘이 들었을까요? 미래에 대한 전망이 없다는 것이 어쩌면 가난보다 더 큰 절망이 아니었을까요? 괜히 미안해집니다.

# 이육사 「절정」

— 극한 상황의 이중적 현실인식

## 이육사 「절정」

매운 계절의 채찍에 갈겨
마침내 북방으로 휩쓸려 오다

하늘도 그만 지쳐 끝난 고원
서릿발 칼날진 그 우에 서다

어데다 무릎을 꿇어야 하나
한발 재겨 디딜 곳조차 없다

이러매 눈감아 생각해 볼밖에
겨울은 강철로 된 무지갠가 보다

일제 강점기, 우리 많은 시인 중에서 끝까지, 해방이 될 때까지 자신의 지조와 절개를 지키고 독립운동을 해왔던 이육사의 작품입니다. 이육사는 자기 스스로 '나는 문사(文士 글 쓰는 선비)라고 생각해 본 적이 없다'는 말을 했습니다. 자기 스스로 자기는 '글 쓰는 사람이 아니다'라고 했습니다. 그럼에도 불구하고 자기가 글을 쓰는 이유는 독립운동의 한 방편으로서이다, 라고 했거든요. 이 사람의 일생 자체가 독립운동이었다고 보면 됩니다. 어떤 조사 자료에 의하면 처음 감옥 간 게 열여덟 살인가였는데 그때부터 시작해서 죽을 때까지 감옥 바깥에 있었을 때보다 감옥 안에 있었던 시간이 더 많다고 합니다. 그만큼 감옥을 자주 들락날락했습니다. 요즘으로 치자면 전과가 아주 많은 질 나쁜 사람이었다고 볼 수 있습니다.

　이육사는 퇴계 이황의 직계손입니다. 자기가 장남은 아니고 자기 큰형이 장남이었습니다. 그래서 이퇴계의 장남의, 장남의, 장남의, 장남의, 장남의. 이런 종가의 형제가 여섯인가 그랬는데, 그중에 이육사가 넷째 아들인가 그랬습니다. 당연히 어릴 때부터 한학을 공부했겠죠, 도산서원과도 가까운 곳에 살았던 그런 집안이니깐. 경북 안동 지방에서 그런 가문에 태어났으면 어렸을 때부터 공자 왈 맹자 왈 하면서 예의 바르게 유교 boy로 자랐을 겁니다. 이육사가 만약에 그냥 편하게 살겠다고 생각했으면 그냥 그 동네에서 자기 조상들의 이름만 갖고도 먹고 사는 데는 별 지장 없었을 겁니다. 동네 애들 모아서 훈장이나 해도 먹고 사는 데는 지장 없었을 거란 말이죠. 그런데 그런 걸 다 팽개치고, 만주로, 중국으로 떠돌아다니면서 독립운동을 했던 사람이 바로 이 사람입니다.

의열단이라는 무장항일운동을 했던 단체의 이름을 들어본 적이 있나요? 영화 '밀정', '암살' 같은 데에도 등장합니다. 바로 그 의열단 단원으로서 목숨 걸고 독립운동을 했던 인물이 바로 이육사입니다. 이육사의 위대성은 바로 이런 데에 있습니다. 보장된 안락함을 버리고 암흑과 고통과 시련의 길을 스스로 선택했다는 것, 온몸으로 시를 썼고, 온몸을 조국의 해방에 던져버렸다는 것, 아무나 할 수 없는 일들을 했다는 이 지점에 육사의 삶과 시가 자리하고 있습니다.

그러니까 우리가 일반적으로 저항 시인이다, 저항적이다, 라고 얘기하는 것과는 의미가 사뭇 다릅니다. 그에게는 삶 자체가 독립운동이었고, 죽음 앞에 서 있는 위험 그 자체이었습니다. 언제 어디서 감옥에 끌려갈지 모르는 늘 불안한 상황 속에서 살았다는 것입니다. 실제로 그렇게 끌려가 북경 감옥에서 옥사하게 됩니다. 안타까운 것은 윤동주도 그랬지만, 이육사도 몇 달만 더 있었다면, 몇 달만 더 살아 있었다면 그토록 염원했던 해방을 봤을 텐데, 죽더라도 해방을 보고 죽었을 텐데, 그 몇 달을 더 버티지 못하고 해방을 못 보고 말았다는 것입니다.

자, 이육사의 작품을 한번 봅시다. 이 「절정」이라는 이 작품은 이육사의 현실 인식이 어떠한 것이었는가를 잘 보여주는, 미리 얘기하자면 육사의 역설적인, 또는 모순적인, 또는 이중적인 현실 인식이 잘 드러나는 시라고 할 수 있습니다.

1연의 '매운 계절의 채찍에 갈겨 마침내 북방으로 휩쓸려오다'. 당연히 매운 계절의 채찍이라는 것은 이육사에게 가해졌던 여러 가지 현실적인 제약들을 말한다고 볼 수 있겠죠. 독립운동의 입장에서 볼 때, 독립운동을 하기가 힘든 상황이 자꾸 반복되다 보니까 북쪽으로 가게 된 거겠죠. 일반인들의 입장에서 볼 때는 먹고 살기가 힘들어서, 농사짓기도 점점 힘들어지고, 수탈과 착취가 심해지게 되니까, 에잇 조선에서 사는 게 너무 힘들어, 나 갈래, 그냥 뭐, 좀 괴롭히는 놈이 없는 데로 갈래, 그러고는 만주로 북간도로 중국으로 사람들이 떠나가 버린 거죠. 소설을 통해서도 많이 보잖아요. 이렇게 해서 북방으로 갔습니다. 간 게 자발적으로 간 게 아니라, '채찍에 갈겨서 휩쓸려 갔다'는 겁니다. 휩쓸려서, 어쩔 수 없어서. 바람이 휭 부니까 거기에 휩쓸려서 가게 된 겁니다.

2연. 가보니까 '하늘도 그만 지쳐 끝난 고원'입니다. 까마득하게 높은 곳입니다. 하늘도 그만 지쳐서 끝날 정도로 까마득한 고원입니다. 그리고 '서릿발 칼날 진' 마치 서릿발이 칼날처럼 날카로운 곳에 서 있습니다. 발바닥이 찔릴 것 같은 그런 위태로운 상황을 여기서 맞게 됩니다. 이러한 고통의 절정이, 한계상황의 절정이 점점 더 고조되는 거죠.

3연에서는 '어디다 무릎을 꿇어야 하나', '한발 재겨 디딜 곳조차 없다'고 말합니다. 무릎을 꿇으려면 그래도 공간이 어느 정도는 있어야 되잖아요, 그죠? 발과 무릎까지의 거리 정도는 있어야지 서 있는 자리에서 무릎을 꿇을 텐데, 그 정도 공간도 없다는 것입니다. 한 발 꼼짝달싹도 할 수 없는, 그런 아주 위태로운 상황에 서 있다는 것을 보여줍니다. 그러니까 여기까지 이런 한계의 상황이 점점점 고조되고 있는 거지요.

마지막 연이 중요합니다. '이러매 눈감아 생각해 볼 밖에'. 여기서 분위기가 바뀌죠? 그래서 '눈을 감고 생각해 보니까' 이럽니다. 지금까지 세 번째 연까지는 계속해서 상황이 고조되고 있다가 눈감고 생각해 보니까, 라고 말합니다. 여기서 한 가지 참고로 얘기할 것은 지금까지 많은 해설서나 참고서에서 이 이육사의 절정을 기승전결의 형식이라고 설명했습니다. 기승전결 아닙니다. 절대 아닙니다(정말 공부하는 사람들, 연구자들, 교사들, 학생용 교재 만드는 사람들 반성 좀 하시길 바랍니다). 네 개짜리 연만 있으면 기승전결에 끼워 맞추는 사람들이 많은데, 정말 기계적이고 도식적인 설명이죠.

기승전결이라고 할 때, 기는 일어날 기. 한자로 쓰자면 이렇게 씁니다. 起. 즉 시상이 일어나서, 승(承)하는 겁니다, 삭 올라와서 고조되었다가, 轉. 전환된다는 겁니다. 턴(turn)한단 말이에요. 그러니까 시상이 일어나서(기) 점점점점 올라갔다가(승) 분위기가 바뀌어서(전), 마무리 결(結). 이게 기승전결인데, 네 개짜리만 있으면 무조건 기승전결이 되는가요? 굳이 기승전결에 끼워 맞춘다면 이 시는, 3연까지는 계속 분위기가 고조되잖아요, 그러니까 기 승 승 이렇게 된다고 봐야지요. 기, 승1, 승2, 그리고 마지막 연에 전과 결이 다 들어 있단 말이죠. '이러매' 하는 부분이 '전'이고, '겨울은 강철로 된 무지개인가 보다' 이걸 '결'로, 이렇게 봐야겠죠. 그래서 이 시의 형식은 기(1연)—승(2연)—승(3연)—전결(4연), 이렇게 봐야 할 것 같습니다.

여하튼, '이러매 눈감아 생각해 볼 밖에' 부분에서 분위기가 바뀌었습니다. 이렇게 생각해 보고는 뭐라고 하느냐 하면 '겨울은 강철로 된 무지개인가 보다'라고 합니다. 이게 참 애매합니다. 무지개는 무지개인데, 강철로 된 무지개래요, 강철로 된 무지개가 어디에 있노 세상에. 무지개는 흔히들 꿈, 희망, 동화적인 것, 따뜻한 것, 예쁜 것, 아름다운 것. 이런 것을 의미하죠. 강철은 차고 단단한 것. 쉽게 깨뜨려지지 않는 것. 이런 의미를 가지고 있습니다. 그런데 육사는 이 둘을, 서로 잘 안 어울리는 두 개를 합쳐놨단 말이에요.

그래서 일차적으로 이렇게 해석할 수 있겠죠, 첫 번째는 겨울은 강철로 된 무지개인가 보다 하니까, 겨울은 당연히 당시의 혹독한 현실, 일제 강점기, 그런 걸 뜻하는 걸 거고. 무지개는, 비록 지금은 겨울과 같은 혹독한 현실이지만, 무지개 같은 꿈을 가지고 있어, 그런데 그 무지개 같은 꿈은 강철처럼 견고한 것이라서 절대 깨어지지 않을 거야, 라는 의미가 하나 될 수 있죠, 이게 첫 번째 해석입니다.

두 번째 해석은, 강철 같은 것이기는 하지만, 무지개는 결국은 생겼다가 없어져 버리는 거잖아요. 비현실적인 거란 말이죠. 내 주머니에 넣을 수 있는 게 아니란 말이에요. 그래서 이렇게 비현실적이고 환상적인 것이라서 자기가 꿈꾸는 이 무지개도 언젠가는 없어져 버릴지 모른다, 라는 의식도 여기에 포함되어 있다고 볼 수 있습니다.

그렇게 된다면 세 번째 해석, 이육사가 생각했던, 이 겨울이라는 현실에서 오는, 현실 인식은 강철과 같은 차고 단단한 것, 광물적인 것이 갖는 이 이미지와 무지개가 갖는 동화적이고 보송보송하고 아름답고 환상적인 것이 동시에 들어있는 것이라고 볼 수 있죠. 다시 말해서 모순적이고 이중적인 인식을 갖고 있었다, 하는 겁니다. 현실을 차고 단단하고 결코 무너뜨릴 수 없는 강철 같은 것으로 인식하면서 동시에 무지개 같은 비현실적 꿈을 꾸기도 했다 이렇게 볼 수도 있는 거지요.

이육사의 다른 작품, 「광야」 같은 작품에 보면. '다시 천고의 뒤에 백마 타고 오는 초인이 있어, 이 광야에서 목 놓아 부르게 하리라' 그랬습니다. 노래의 씨앗을 심어가지고, 노래의 씨를 심으니까 뭐가 나오겠습니까? 노래가 나오겠지. 노래가 나오면 그 노래를 나중에 백마 타고 오는 초인이 부르게 될 거다, 그때를 위해 씨앗을 심겠다는 건데, 그 시기가 언제냐면 천고의 뒤라 그랬단 말이야, 천고의 뒤, 천고라는 시간이 오나? 자기 살아 있을 때는 죽어도 안 오잖아요. 엄청나게 많은 시간이 지나야 올 거라는 생각을 하고 있단 말이죠. 많은 시간이 지나서라야 자기가 지금 뿌리는 이 씨앗이 자라서 그것이 노래가 되고 또 열매가 되어서 나올 거라고 생각을 하는 거예요. 그런데도 지금 자기는 씨앗을 심고 있어요. 무슨 말인지 알겠습니까?

예를 들어서 내가 이 씨앗을 심으면, 몇 달 뒤에 또는 일 년 뒤에 곡식이 자라서 내가 먹을 수 있는 뭔가를 수확할 수 있다면, 사람들은 한단 말이에요. 좀 더 길게는 한 삼 년 뒤나 한 오 년 뒤에 내가 뭔가를 수확해 낼 수 있다면 한단 말이에요. 그런데 이게 시간이 길어지면 위험부담이 좀 더 커지죠. 예를 들면 내가 농사를 짓는데, 이걸 오 년을 지어야 내가 수확을 할 수 있다고 칩시다. 오 년 안에 가뭄이 들지, 홍수가 날지, 병충해가 생길지 알 수 있나? 오 년 동안 실컷 비료 주고 공을 들이고 돈 들이고 해서 농사를 지어놨는데, 병충해가 싹 쓸고 가서 다 죽어버렸다, 그러면 어떻게 해야 되나요? 그래서 그런 농사는 안 짓는단 말이에요. 그런 모험성이 강한 것은. 오랫동안 투자 안 한단 말입니다. 위험부담이 너무 크니까요. 그런데 이육사는 천고의 뒤에나 되어야 백마 타고 초인이 오는데도 투자한단 말이죠. 지금 씨앗을 뿌린단 말이에요.

이거는 어떻게 보면, 경제학적인 관점에서 접근하면 정신나간 일이죠, 바보짓 하고 있는 거죠. 그러나 또 우리가 보기에는 민족시인이라는 관점에서, 민족이라는 관점, 해방이라고 하는 관점, 저항이라고 하는 관점에서 보면, 위대한 사람인 것이 확실합니다. 자기에게 득 되는 게 하나도 없다는 걸 알면서 그 짓을 하고 있으니까, 위대한 사람인 거죠. 그래서 바로 이런 이중적인 인식이, 「광야」에 나타난, 천고의 뒤에 나타난 초인이 있을 것이다, 나의 시대에는 아무런 득도 나는 보는 거 없을 거다, 하지만 나는 독립운동 하겠다, 라는 태도가 나타나는 것처럼, 이 시 「절정」에서도 겨울은 강철로 되어 있어서 절대 깨지지 않는 것이라 하더라도, 차고 단단해서 허물어지지 않는 것이라 하더라도 그래도 자기는 독립운동 할 거라는 생각, 무지개 같은 꿈을 가질 거라는 생각으로 나타난다고 볼 수도 있다는 거죠.

만일 이육사가 시대와의 대결을 피했더라면, 세상하고 좀 적당히 타협하려고 했더라면 개인적으로는 좀 더 편하게 살 수 있었을 텐데 전혀 그것을 거부하지 않고 오히려 온몸으로 껴안으며 살았던 거지요. 그러고 보면 우리 역사에서 이렇게 존경할 만한 사람들은 대개 오래 살지 못했습니다. 어쩌다 해방을 보게 되었어도, 그 어떤 정치적인 암투 속에서 희생당하거나, 이용당하거나 하는 그런 경우도 많이 있었고, 그런 점에서 볼 때 우리 역사는 정통성이 좀 부족했다고 볼 수 있고, 그 정통성을 어쩌면 지금도 세워가는 과정인지도 모르겠습니다. 우리 근·현대사에서 정통성이라고 말할 만한 것이, 우리가 자랑스럽게, 떳떳하게 내놓을 만한 것이 별로 없었단 말이에요. 그런 점에서 볼 때 우리 근대사의 출발은 참으로 불행했습니다. 그런 불행한 출발을 할 수밖에 없었던 것은 준비가 안 되어 있어서 그랬던 거죠. 우리가 우리나라를 제대로 다스려 갈 준비가 안 된 상태에서 갑작스럽게 해방을 맞이하다 보니까 이런 여러 가지 혼란들이 빚어지게 된 거였는데, 어쨌든 그런 많은 역사적 혼란기를 거쳐오면서도 그래도 이육사 같은 빛나는 시인을 얻을 수 있었던 것은 우리 문학사에서 참으로 감사한 일이 아닌가 하는 생각이 듭니다.

**13**

# 윤동주 「간」
— 동서양 설화의 절묘한 만남

## 윤동주 「간」

바닷가 햇빛 바른 바위 위에
습한 간(肝)을 펴서 말리우자.

코카사쓰 산중에서 도망해 온 토끼처럼
둘러리를 빙빙 돌며 간을 지키자.

내가 오래 기르던 여윈 독수리야!
와서 뜯어먹어라, 시름 없이

너는 살지고
나는 여위어야지, 그러나

거북이야!
다시는 용궁의 유혹에 안 떨어진다.

프로메테우스 불쌍한 프로메테우스
불 도적한 죄로 목에 맷돌을 달고
끝없이 침전(沈澱)하는 프로메테우스.

이 시는 다른 어떤 것들을 제쳐 두고라도, 한 가지 특징을 가지고 있습니다. 그 특징이라는 것이 뭐냐 하면, 동양의 고전, 우리나라에서는 「토끼전」으로 잘 알려진 이야기와, 서양의 프로메테우스 신화를 끌어다가 섞어 놓았다는 겁니다.

참고로 「토끼전」은 조선시대 때의 소설일 뿐만 아니라, 그보다 훨씬 전부터 존재했던 설화입니다. 소설이라는 장르가 등장하기 전의 그냥 옛날이야기의 형태, 다시 말해서 설화의 형태였을 때는 보통 구토설화라고 합니다. 그게 소설의 형태를 띠게 되면 「토끼전」이라고 합니다. 그 설화가 판소리의 형태로 된 것은 뭐라고 합니까? 「수궁가」라고 하죠. 보통 그런 소설들을 판소리계 소설이라고 하죠? 이 소설의 주인공을 토끼로 보면 토끼전이고 주인공을 거북이로 보면 별주부전이 되는 거고 그렇죠. 또 토끼가 주인공이면 토끼의 지혜가 주제가 되고 거북이(자라)가 주인공이 되면 용왕을 위한 충성심에 초점이 맞춰지지요. 그게 근대 초기 개화기 신소설로 또다시 한 번 각색되어 만들어집니다. 그때는 제목이 뭡니까? 「토의 간」이지요.

어쨌거나 그 토끼와 프로메테우스 이야기를 적당히 섞어서 이 시는 구성됩니다. 시적 화자는 윤동주 자기 자신이라고 봐도 무난할 거라고 생각하는데, 윤동주는 토끼와 자기 자신을 동일시하기도 하고, 프로메테우스와 자기 자신을 동일시하기도 합니다.

흔히 우리가 윤동주를 설명할 때 사용하는 용어 중에 순결성, 결벽성 또는 속죄양 의식, 희생양 의식, 이런 것들이 있습니다. 그런 용어들이 윤동주를 수식하는 데 자주 사용된다는 것은 윤동주가 가지고 있는 의식 세계 또는 시 정신이 바로 이런 데에 있기 때문이지요. 다시 말해서 이것이 윤동주 시 정신의 에센스 혹은 정수다, 라고 말할 수 있는 거죠. 실제로 어떤 시인보다도 더 치열하게 자기 자신의 양심을 지키고자 했던 사람이 윤동주라고 할 수 있습니다.

그래서 우리가 잘 알고 있는 서시의 한 구절처럼 '잎새에 스치는 바람'에도 괴로워할 정도로, 아주 사소한 것에서도 괴로워하고, 자신의 양심과 결벽성을 지키고자 했던 사람이 윤동주라고 할 수 있습니다. 그래서 이 시에서도, 바로 이러한 윤동주의 양심이 토끼와 프로메테우스 신화를 통해서 구체화되어 드러난다고 볼 수 있습니다.

이야기를 간단하게 정리해 보면 이렇습니다. 첫 번째 연, 습한 간을 펴서 말리자. 두 번째 연, 도망 온 토끼처럼 간을 지키자. 세 번째 연, 독수리야 뜯어 먹어라. 네 번째 연, 너는 내 간을 뜯어먹고 살찌고 나는 말라갈 것이다. 다섯 번째 연, 그러나 다시는 용궁의 유혹에 떨어지지 않겠다. 여섯 번째 연, 프로메테우스가 불 도적한 죄로 맷돌을 달고 고통받는다, 하는 이야기입니다. 어떻게 보면 좀 생뚱맞다, 갑자기 이게 뭔 얘기야, 토끼 얘기하다가 프로메테우스 얘기하다가 이리 갔다 저리 갔다가 일관성 없이, 이게 도대체 무슨 이야기인가, 하는 생각이 들 수도 있습니다.

그러나 조금만 생각해 보면, 이것이 바로 윤동주의 양심, 윤동주의 치열한 의식세계를 보여주는 것이구나, 하는 생각을 할 수가 있습니다. 먼저, 햇빛 바른 바위 위에 습한 간을 말리자는 얘기는, 용궁, 즉 바다에 갔다 왔으니까, 자기 간이 물속에 들어갔다 나왔으니까 젖었을 거라고 보는 거죠. 하지만 진짜로 토끼가 거짓말했던 것처럼 간을 꺼냈다 넣었다 할 수 있어서, 햇빛 바른 데다가 널어놓고 말릴 수 있는 것도 아닌데 이렇게 말하는 것은, 일종의 자기반성이라고 할 수 있습니다. 자기가 거북이의 유혹에 빠져서 용궁에 갔다 왔다는 것은 이미 타락했다는 것이고 '날 따라가면 거기서 잘 먹고 잘 살게 해 줄게, 출세시켜 줄게' 하는 유혹을 이기지 못했음을 인정하는 것이지요. 간이 젖었다는 표현 자체가 이런 현실적인 유혹에 넘어 갔다는 것을 이야기하죠. 그래서 습한 간을 말리겠다는 것은, 그런 나의 과거를 반성하겠다, 그런 나의 과거를, 실수를 이제는 참회하고 다시는 그렇게 살지 않겠다, 하는 의지를 보여주는 거죠.

코카서스 산중에서 도망해 온 토끼처럼 둘레를 빙빙 돌며 간을 지키자 하는 것은, 나의 양심을 지키자, 이제는 나의 순수성을 지키고 살아야겠다, 괜히 세속적인 유혹에 빠져서 출세 좀 해 보겠다고, 돈 좀 벌어 보겠다고, 이름 좀 날려 보겠다고 했던, 그런 헛된 짓은 하지 않겠다는 것을 의미하죠. 세 번째 연에서 독수리야 와서 뜯어 먹어라 하는 것, 그리고 네 번째 연에서 너는 살찌고 나는 야위어야지 하는 말의 의미는 이렇습니다. 프로메테우스가 인간을 위해서 신의 세계에만 있는 불을 훔쳐다가 인간에게 갖다줬단 말이에요. 그러고는 제우스에게 들켜서, 죽지도 못하고 묶여서 간을 끊임없이 쪼아 먹히는 그런 형벌을 받게 되잖아요. 그러니까 프로메테우스가 의미하는 게 뭡니까? 신의 뜻을 거역하고라도 인간을 위해서 자신을 희생한 존재라고 볼 수 있는 거죠. 여기서 윤동주의 희생양 의식, 속죄양 의식이라는 것이 드러나는 거죠. 자기를 희생해서 다른 인간에게 구원을 주겠다는 거죠.

불은 인간에게 엄청난 축복이지요? 불을 통해 음식을 익혀 먹을 수 있고 추위로부터 벗어날 수도 있으며, 어두움으로부터 벗어날 수 있으니까요. 이렇게 인간에게 큰 축복이 생기게 된 것을 고대인들은 프로메테우스 같은 아주 훌륭한 사람이, 신들만 가지고 있었던 신성한 것을 인간의 영역으로 옮겨다 놓은 것으로 생각했던 것이지요. 신의 영역에 있는 신성한 것을 인간에게 갖다주고 신으로부터 미움을 받아서 벌받는 프로메테우스처럼 자기도 다른 사람들, 인간들을 위해서 자기를 희생해서라도 뭔가를 하겠다는 의지를 나타낸 것이라 할 수 있습니다.

물론 이것은 윤동주가 기독교인이었다는 사실과 무관하지 않습니다. 일제 강점기 때 먹고 살기 힘들어서 여기저기 떠돌아다니게 된 사람들 또는 조선이 아닌 다른 곳으로 가서 자리를 잡고 살게 된 사람들이 꽤 있습니다. 그중에 러시아 가서 자리를 잡고 살았던 사람들은 까레이스키, 그 사람들 말로 고려인이죠, 중국 가서 살았던 사람들은 고려인 또는 조선족 이렇게 부릅니다. 일본 가서 살았던 사람들도 있었고, 그래서 그 사람들이 지금의 우리가 흔히 말하는 재외 교포들이 된 거죠. 그때 한

부류는 북간도라는 곳으로 갑니다. 북간도라는 곳으로 가게 된 사람들은 대개, 성향이 기독교를 일찍 받아들인 사람들이 많습니다. 기독교를 일찍 받아들였다는 얘기는 서양의 사상이나 문물에 다른 사람들보다 좀 일찍 눈떴다는 이야기가 되겠죠.

그다음으로, 북간도에 갔다는 것은, 러시아나 중국이나 다른 데 간 사람들도 마찬가지이지만, 가지고 갈 게 없었던 사람들입니다. 땅이 있었다면, 지주였다면, 갔겠어요? 그러니까 그들은 땅도, 재산도, 농업이라는 직업도 없는 가난한 사람들이었다고 볼 수 있습니다.

다시 말해서 그 둘을 조합하면 북간도에 간 사람들은, 첫째는 서양의 사상을 일찌감치 받아들인, 일찍 머리가 깬 사람들이었다는 것입니다. 두 번째는 가진 것이 별로 없는 사람들이었다, 그래서 밑바닥부터 다시 시작해야 했던 사람들이었다, 지주가 아니었다, 그 말입니다.

윤동주의 집안도 역시 그런 상황이었습니다. 그때 당시 북간도 간 사람들은 가진 건 별로 없었지만 굉장히 똑똑했던 사람들이 많이 있습니다. 그래서 나중에 해방되고 난 다음에도, 남한에서도 이 북간도 출신들 중에서 성공한 사람들이 꽤 많이 있습니다. 영화배우인 문성근의 아버지 문익환 목사라든지, 한

때는 존경받는 지식인이었던 김동길 교수와 그 누나였던 김옥길 이화여대 총장 같은 굉장히 똑똑한 사람들이 많이 있습니다. 그런 윤동주의 사상의 배경이 바로 기독교와 북간도라는 지역이 갖는 밑바닥 의식, 처음부터 시작한다는 의식에 있었다는 거죠.

그러니까 윤동주의 생각은 기독교 사상에서 말하는 예수가 인간의 원죄를 대신해서 죽고 나면 그 죄들은 다 없어지게 된다, 이제부터는 착하게, 깨끗하게 죄 없는 상태로 살 수 있다, 하는 것과 같은 거죠. 그래서 예수를 속죄양, 또는 희생양이라고 볼 수 있는 거죠. 물론 이때 양이라는 말을 쓰는 것은 고대 제사 지낼 때 양을 신에게 바치는 제물로 바쳤으니까, 거기서 나온 이야기겠죠. 그래서 독수리야 내 간을 뜯어먹어라, 그리고 네가 살쪄도 좋다, 나는 야위어도 좋다, 하지만 그렇게 내가 내 간을 쪼아 먹힌다 하더라도 다시는 용궁의 유혹에 빠지지 않겠다, 세속적인 유혹에 빠져서 나 하나 잘 먹고 잘살겠다고 그렇게 살지는 않겠다, 라고 말할 수 있게 되는 거지요.

그리고 마지막에 프로메테우스, 불쌍한 프로메테우스 어쩌고 하는데, 그 부분을 통해 자기 자신을 프로메테우스와 동일화하고 있다는 것은 알겠는데요, 왜 그러면 '불쌍한' 프로메테우스라고 할까요? 불을 가져다준 죄로 벌받고 있으니까, 죽지도 못하고 끊임없이 계속 간을 쪼아 먹히니까 불쌍하지요. 그걸 자기 자신하고 똑같다고 보는 거죠. 그러니까 자기 자신의 그런 운명이, 내가 우리 민족을 위해서, 우리나라를 위해서 이렇게 희생하면서 살아야겠다, 라고 생각하는 자기 자신의 운명이 참 안됐다, 내가 부귀영화를 누리면서 편하게 살기는 글렀구나,라는 걸 스스로 알고 있기 때문인 거죠. 그러니까 자신이 불쌍한 거지요.

하지만 그는 자기의 그런 운명을 알면서 선택한 것입니다. 그게 훌륭한 거죠. 내가 이렇게 좀 하면 나중에 잘될 거야, 돈도 좀 생기고 출세할 거야, 그렇게 생각하고 하는 건 누구나 할 수 있으니까, 그러니까 자기 스스로 이런 비극적인 현실 인식을 할 수밖에 없는 거죠. 현실 인식이 참 비극적이죠. 잘 될 거라고 생각하면서 하는 게 아니고, 잘 안될 거라고, 내 운명이 앞으로 힘들어질 거야, 불쌍할 거야, 라는 걸 알면서도 그렇게 하니까 비극적이라고 할 수 있는 거죠. (이건 여담이지만 아마 옛날 사람들, 이런 프로메테우스라는 신화를 만들어 낸 사람들도, 사람의 간이 얼마나 재생력이 좋은지 알고 있었던 것 같아요. 그러니까 독수리한테 간을 계속 쪼아 먹히면서도 안 죽잖아, 그죠? 실제로 간세포는 재생력이 참 좋다고 합니다. 옛날 사람들이 이걸 어떻게 알았을까요?)

참고로 윤동주는 1917년에 태어나서 45년에 사망했으니까, 우리나라 나이로 스물여덟에 죽었습니다. 북간도 명동 출생이고, 교토에 있는 도우지샤 대학에서 영문학을 전공했습니다. 이 학교는 우리하고 인연이 깊지요.? 우리 시인들 중에 정지용이 한 자로는 '같은 동(同)', '뜻 지(志)'. 동지사대학. 여기 영문과를 졸업했습니다. 윤동주는 물론 졸업은 못 했습니다. 대학 다니던 중에 잠시 귀향하려다가 체포되어서 감옥살이를 하던 중 죽었습니다. 이육사도 그랬지만 윤동주도 해방을 얼마 남겨놓지 않고 죽었습니다. 조금만 더 살았더라면 해방을 봤을 텐데 참으로 안타깝습니다. 윤동주가 후쿠오카 형무소에 있을 때 생체실험대상이 되어서 사망했다는 설도 있습니다만 자료가 부족해 정확한 것은 확인하기 어려운 모양입니다.

# 14

# 백 석 「남신의주 유동 박시봉방」

— 절대적 쓸쓸함 속에서의 작은 의지

## 백석 「남신의주 유동 박시봉방」


어느 사이에 나는 아내도 없고, 또,

아내와 같이 살던 집도 없어지고,

그리고 살뜰한 부모며 동생들과도 멀리 떨어져서,

그 어느 바람 세인 쓸쓸한 거리 끝에 헤매이었다.

바로 날도 저물어서,

바람은 더욱 세게 불고, 추위는 점점 더해 오는데,

나의 어느 목수네 집 헌 삿을 깐,

한 방에 들어서 쥔을 붙이었다.

이리하여 나는 이 습내 나는 춥고, 누긋한 방에서,

낮이나 밤이나 나는 나 혼자도 너무 많은 것같이 생각하며,

딜옹배기에 북덕불이라도 담겨오면,

이것을 안고 손을 쬐며 재 우에 뜻없이 글자를 쓰기도 하며,

또 문 밖에 나가디두 않고 자리에 누어서,

머리에 손깍지베개를 하고 굴기도 하면서,

나는 내 슬픔이며 어리석음이며를 소처럼 연하여 쌔김질하는 것이었다.

내가슴이 꽉 메어올 적이며,

내 눈에 뜨거운 것이 핑 괴일 적이며,

또 내 스스로 화끈 낯이 붉도록 부끄러울 적이며,

나는 내 슬픔과 어리석음에 눌리어 죽을 수밖에 없는 것을 느끼는 것이었다.

그러나 잠시 뒤에 나는 고개를 들어,

허연 문창을 바라보든가 또 눈을 떠서 높은 천장을 쳐다보는 것인데,

이때 나는 내 뜻이며 힘으로, 나를 이끌어가는 것이 힘든 일인 것을 생각하고,

이것들보다 더 크고, 높은 것이 있어서, 나를 마음대로 굴려가는 것을 생각하는 것인데,

이렇게 하여 여러 날이 지나는 동안에,

내 어지러운 마음에는 슬픔이며, 한탄이며, 가라앉을 것은 차츰 앙금이 되어 가라앉고,

외로운 생각만이 드는 때쯤 해서는,

더러 나줏손에 쌀랑쌀랑 싸락눈이 와서 문창을 치기도 하는 때도 있는데,

나는 이런 저녁에는 화로를 더욱 다가 끼며, 무릎을 꿇어보며,

어니 먼 산 뒷옆에 바우 섶에 따로 외로이 서서,

어두어오는데 하이야니 눈을 맞을, 그 마른 잎새에는,

쌀랑쌀랑 소리도 나며 눈을 맞을,

그 드물다는 굳고 정한 갈매나무라는 나무를 생각하는 것이었다.

백석의 「남신의주 유동 박시봉방」이라는 시가 있습니다. 시인 이름은 남들보다 한 자 모자라는데, 시 제목은 꽤 길지요? 남신의주, 신의주 중에서도 남신의주에 있는 유동. '유' 자는 '버드나무 유' 자입니다. 그러면 우리말로 고쳐, '버드나무 골에 사는, 박시봉이라는 사람 집의 셋방'이라는 뜻입니다. 옛날에는(요즘은 그런 집이 잘 없지만) 한 집에 주인집이 있고, 세 들어 사는 사람들이 한 집이나 두 집이 같이 살았단 말이에요. 그걸 보통 셋방이라고 했단 말이에요. 그러면 셋방 사는 사람들은 주소가 어떻게 되느냐 하면, 부산시 0구 00동 몇 번지 김 아무개 씨 댁내, 뭐 이런 식으로, 또는 김 아무개 씨 방, 이런 식으로 주소를 썼단 말이에요. 바로 그런 겁니다. '박시봉'이라는 사람 방에, 그 사람 집의 방에 세 들어 사는 사람이라는 의미죠.

그다음, 이 시를 읽기 전에 미리 이야기를 하는 게 좋을 것 같은데. '백석'이라는 이름과, '이용악'이라고 하는 이름은, 항상 묶어서 생각하세요. 세트로 생각하는 게 좋습니다. 왜 그러냐 하면 이 두 사람이 공통점이 많기 때문입니다. 어떤 공통점이냐

하면, 첫 번째로는 1930년대에 주로 활동했다는 겁니다. 1930년대는 앞서도 말한 것처럼 카프 중심의 사회주의 문학에 대한 반작용으로 다양한 유파들이 등장하고, 활동하던 시기입니다. 이때 어떤 특정한 유파에 속하지는 않았지만 뚜렷한 자기 색깔을 보여준 시인이 백석과 이용악입니다.

두 번째는 두 사람 다 이북 사람이라는 것입니다. 그게 뭐 중요하노? 한 사람은 예를 들어서 부산 사람이고 한 사람은 경주 사람이라고 해서 그게 중요하나? 별로 중요한 거 아니잖아요? 그런데 이 두 사람의 경우는 왜 중요한가 하면, 다들 서구화, 서구 지향으로 가고 있을 때에 이 사람들은 오히려 평안도·함경도의 방언을 즐겨 썼기 때문이에요. 그 당시 우리 말의 특징과 아름다움을 그대로 간직하고 있다는 것입니다. 그걸 촌스럽다고 생각한 게 아니었어요. 오히려 그것이 지금 우리가 보면 굉장히 모던하게 느껴져요. 남들은 다 촌스럽다고 사투리를 피해 갈 때, 이 사투리들을 적당한 자리에다 탁탁 끼워 넣어서 써먹는 것이 오히려 모던한 요소를 상당 부분 가지고 있다고 평가받습니다. 지금은. 이것은 대단히 큰 의미라는 생각이 듭니다. 엄청난 속도로 밀려 들어오는 서구의 문물은 당시 사람들에게 신기하고 새롭고 위대하게 보였을 것입니다. 반대로 조선 것은 촌스럽고 나약하고 고루하고 지저분하기까지 하지 않았을까요? 그런데 그때, 평안도, 함경도의 사투리, 그 문화를 그대로 시 속에서 보여준다는 것은 하나의 모험이고 용기가 아니었을까 그런 생각이 들기도 해요.

두 번째 공통점이 뭐냐 하면, 이 사람들의 시에는 '이야기'가 들어있다는 것입니다. 그래서 흔히 말하는 '이야기 시narrative poem'라고 할 수 있는 요소를 많이 가지고 있습니다. 그러니까 짧지만 어떤 스토리가 들어있는. 여러분들 백석 시 중에 아는 거 뭐가 있습니까? 「여승」 기억납니까? 여승은 합장을 하고 절을 했다, 가지취의 냄새가 났다. 기억납니까? 거기 보면 시는 짧지만 이야기가 있잖아요, 섶벌 같이 나아간 지아비 기다려 십 년이 갔다, 남편은 집 나간 지 십년이 되었고 그래서 혼자서 시장 나와서 장사를 했는데 그러다 얼마 안 돼서 딸은 도라지꽃이 좋아 돌무덤으로 갔다, 그리고 이 여자는 절에 들어가서 머리 깎고 중이 되었다, 라는 얘기잖아요. 짧지만 그런 스토리가 있잖아요. 이런 이야기 시가 자주 보인다는 것이 백석과 이용악 시의 공통점입니다.

세 번째로 유이민 시라는 공통점이 있습니다. 流. '흐를 류'. 移. '옮길 이'. 그다음에 民 '백성 민'. 그래서 유이민(流移民). 유이민의 삶을 주로 노래합니다. '유이민'이라는 게 뭡니까? '흘러 흘러 옮겨 다니는 사람들'을 말하는 거죠. 앞에서 윤동주 이야기할 때 북간도로 가고 어쩌고 그런 이야기를 했지만 이런 사람들이 다 유이민인 거죠. 땅이 없는 거죠, 이 사람들은. 생산 수단이 없는 사람들입니다. 그러니까 여기저기 흘러 흘러 먹고 살 데를 찾아서 다니는 사람들, 삶의 근거를 박탈당한 사람들, 이런 사람들의 삶의 모습이 이용악이나 백석의 시에 자주 등장한다는 거죠. 특히나 이 두 사람은 함경도, 평안도, 둘 다 이북이니까, 여기 사람들이 먹고 살 게 없어지면 어디로 가겠습니까? 결국은 만주로, 중국으로, 러시아로, 북간도 이런 데로 떠돌아다니는 거죠. 그런 삶의 모습들이 많이 등장합니다. 물론 이런 삶의 모습은 어느 한두 사람의 것이 아니라 상당수 우리 민족의 삶이었다고 일반화해도 될 만한 것이 아니었나 생각합니다. 이런 공통점들이 이 두 사람 시에 많이 나오기 때문에 꼭 기억을 해두는 것이 좋습니다.

그럼 「남신의주 유동 박시봉방」을 한번 봅시다. 아까 백석, 이용악의 시는 이야기가 있다 그랬는데, 이 시의 이야기는 이렇습니다. 어느 사이에 나는 집도 없고 부모와 동생과도 멀리 떨어져서 쓸쓸하게 헤맸다, 그리고 어느 목수네 집 헛간 같은 데, 즉 밑에 지푸라기를 깔아둔 한 방에 세 들어 살게 되었다. 그리고 이 냄새 나는 방에서 이것저것 생각하다가 내 슬픔이며 어리석음을 소처럼 되새김질했다는 겁니다. 속에 있는 것을 다시 올려서 또 씹고, 씹고 이렇게 생각하다 보면 가슴이 메어 올 때도 있고, 뜨거운 눈물이 핑 고일 때도 있고, 화끈 낯이 붉어질 때도 있고, 그러다 보면 내 슬픔과 어리석음에 눌려 죽을 수밖에 없음을 느꼈다는 겁니다. 즉 내 슬픔과 어리석음 때문에 죽고 싶다는 생각도 합니다.

그러나 잠시 뒤에 고개를 들어서 허연 창문을 바라보다가 어떤 생각을 하게 되느냐 하면 내 스스로, 내 힘으로 나를 이끌어 가는 것이 힘든 일이구나, 내 의지와 내 능력으로 살아가는 것이 힘들구나, 뜻대로 잘 되지 않는구나, 라는 것을 생각하고 이것들보다 더 크고 높은 것, 즉 운명이라는 것이 있어서 나를 마음대로 굴려 가는 것이구나, 인간에게는 어찌할 수 없는 운명이 있구나, 하고 생각합니다. 그러면서 여러 날이 지납니다.

그렇게 여러 날이 지나는 동안에 자기 마음속에 슬픔과 한탄과 이런 것들이 가라앉아 차츰 앙금이 되고, 외롭다는 생각만이 들 때쯤 해서, 그러니까 슬픔이나 한탄이나 이런 것은 좀 가라앉고, 죽고 싶다는 생각이 가라앉을 때쯤 해서, 바깥에 싸락

눈이 와서 창문을 두드리기도 하는 그런 때에, 그 드물다는 굳고 정한 갈매나무라는 나무를 생각했다는 것입니다. 즉 이 갈매나무가 눈을 맞으면서도 굳고 정하게 자기 자신을 지켜가는 것을 생각하면서 자기도 결국은 죽고 싶다는 생각을 이제는 좀 접고, 굳고 정하게, 바르게 살아가겠다고 생각하는 거죠.

결국 이 시는 어떤 이유에서인지 정확하게는 알 수 없지만 가족과 뿔뿔이 흩어져서 혼자서 가난하게 살아가는 한 사내가 죽고 싶은 생각이 들었다가는 나중에는 갈매나무라는 나무처럼 굳고 정하게 살겠다는 의지를 다진다는 그런 작품입니다.

이 시가 우리에게 감동을 주는 이유는 첫째, 이 화자가 자신이 처해 있는 이런 처지를 이겨내겠다는 의지를 보여주는 데 있을 것이고, 또 하나는 그런 자기의 신세를 한탄조로, 탄식조로 말하지 않고, 그저 담담하게 처지를 기술하는 데에 있습니다. 그래서 오히려 눈물을 징징 짜고, 한숨 쉬고 하는 것보다 더 우리에게 진한 울림을 전달해 주는 것이 아닌가 하는 생각이 듭니다.

우리나라 현역 시인들에게 가장 좋아하는 시인이 누구냐고 물었을 때 1위가 백석이었다는 걸 어디서 읽은 적이 있습니다. 나도 백석의 시를 좋아하는데요, 백석의 시에는 1930~1940년대의 쓸쓸함과 그것을 이겨내려는, 혹은 견뎌내려는 한 사내의 담담한 마음과, 과거 가족과 일가친척이 함께 어울려 살던 공동체에 대한 그리움이 잘 드러납니다. 그리고 그것이 호들갑스럽지 않고 세련되게 잘 표현되어 있습니다. 가령 「나와 나타샤와 흰 당나귀」같은, 내가 좋아하는 작품에서도, 오지 않을 것 같은 나타샤를 기다리는 순진한 사내의 마음과 밤새 펑펑 내리는 눈의 풍경이 쓸쓸함을 동반한 아름다움을 전해줍니다. 이런 풍경을 백석은 담담하게 말한다는 매력이 있습니다.

**15**

# 이용악 「낡은 집」

— 유이민流移民시의 한 전형

## 이용악 「낡은 집」

날로 밤으로
왕거미 줄치기에 분주한 집
마을서 흉집이라고 꺼리는 낡은 집
이 집에 살았다는 백성들은
대대손손에 물려줄
은동곳도 산호관자도 갖지 못했니라

재를 넘어 무곡을 다니던 당나귀
항구로 가는 콩실이에 늙은 둥글소
모두 없어진 지 오래
오양간에 아직 초라한 내음새 그윽하다만
털보네 간 곳은 아모도 모른다

찻길이 뇌이기 전
노루 멧돼지 쪽제비 이런 것들이
앞뒤 산을 마음놓고 뛰어다니던 시절
털보의 셋째아들
나의 싸리말 동무는
이 집 안방 짓두광주리 옆에서
첫울음을 울었다고 한다

"털보네는 또 아들을 봤다우
송아지래두 불었으면 팔아나 먹지"

마을 아낙네들은 무심코
차그운 이야기를 가을 냇물에 실어보냈다는
그날 밤
저릎등이 시름시름 타들어가고
소주에 취한 털보의 눈도 일층 붉더란다

갓지주 이야기와
무서운 전설 가운데서 가난 속에서
나의 동무는 늘 마음졸이며 자랐다
당나귀 몰고 간 애비 돌아오지 않는 밤
노랑고양이 울어 울어
종시 잠 이루지 못하는 밤이면
이미 분주히 일하는 방앗간 한구석에서
나의 동무는
도토리의 꿈을 키웠다

그가 아홉 살 되던 해

사냥개 꿩을 쫓아다니는 겨울
이 집에 살던 일곱 식솔이
어데론지 사라지고 이튿날 아침
북쪽을 향한 발자국만이 눈 우에 떨고 있었다

더러는 오랑캐령 쪽으로 갔으리라고
더러는 아라사로 갔으리라고
이웃 늙은이들은
모두 무서운 곳을 짚었다

지금은 아무도 살지 않는 집
마을서 흉집이라고 꺼리는 낡은 집
제철마다 먹음직한 열매
탐스럽게 열린 살구
살구나무도 글거리만 남았길래
꽃 피는 철이 와도 가도 뒤울안에
꿀벌 하나 날아들지 않는다

앞에서 살펴본 백석 시의 느낌을 기억하면서 이 작품을 보도록 합시다. 이 시의 이야기는 이렇게 정리될 수 있습니다. 한 낡은 집이 있다. 당나귀나 소가 짐을 싣고 다니던 것도 오래되었고 지금은 외양간에 소도 없는 그런 털보네 집이 있다. 털보네 집에 셋째 아들이 태어났다. 사람들이 하는 말이 '털보네는 또 아들을 낳았다. 송아지라도 낳았으면 팔아먹기라도 할 텐데'라고 얘기를 했다. 털보는 소주를 마시고 취해서 눈이 붉더라,는 내용이죠? 여기까지 먼저 보면, 아기가 태어났는데 축하해 주지는 못할망정 한다는 소리가, 송아지라도 낳았으면 팔아먹기라도 할 텐데 사람 새끼가 태어났으니 이걸 어디다 써먹겠노, 이 말이지요.

애 키우는 데 여러 가지로 노동력이 많이 들어가지요? 노동력이 들어가는 동안에 애 엄마는 다른 일을 못 하지요. 또 애 키우는 데 식량이라든지, 돈이 들어가지요? 그러니까 안 그래도 빠듯한 살림살이에 애가 태어난 것이 결코 반가운 일이 될 수 없는 것이지요. 이 얼마나 비참한 말입니까. 사람이 자기 자식을 낳았는데, 자식 낳은 것을 기뻐하는 것이 아니라 걱정이 먼저 앞선다는 것은 상당히 비참한 상황이죠.

이어지는 얘기를 볼까요? 그랬거나 어쨌거나 내 동무는 도토리 같은 꿈을 키우면서 잘 자랐습니다. 그러다가 아홉 살 되던 해 겨울에 이 가족이 모두 어디론가 가 버렸는데, 누구도 이 가족이 어디로 갔는지를 모릅니다. 그 이유는 뭐겠습니까? 빚이 있으니까. 떳떳하게 가는 것이라면 이런 식으로 사라지지 않았겠죠. 우리 이사 간다 하고 당당히 말하겠죠, 그동안 정들었던 이웃들인데. 그런데도 떳떳하지 못하니까 조용히 밤중에 어디론가 사라져 버리는 거죠. 야반도주. 이렇게 일곱 명, 한 가족이 사라지고 나니까 사람들이 하는 말이, 오랑캐 령 쪽으로 갔을 것이다, 중국 보고 오랑캐라고 하지는 않으니까 아마도 오랑캐령 쪽으로 갔을 것이라는 말은 만주 쪽이 아니겠나, 생각해 볼 수 있습니다. 더러는 아라사, 즉 러시아로 갔을 것이라고 이웃 늙은이들이 짐작했다, 그래서 이제 그 집은 흉가가 되어 버렸고, 살구나무에 열매도 열리지 않고, 꽃피는 철이 와도 꽃이 없어서 꿀벌도 하나 날아들지 않는 그런 낡은 집이 되어 버렸다는 것이 나머지 이야기 부분입니다.

이 이야기는 당시의 우리 민족이 처해 있었던 상황을 있는 그대로 다 보여줍니다. 집을 버리고, 살던 곳을 버리고, 이웃들에게 간다고 말 한마디조차 하지 못하고 떠나갈 수밖에 없는 상황, 그리고 아마도 만주나 중국이나 북간도 같은 곳을 떠돌면서 온갖 고생을 다 하겠죠. 그 가족이 겪어야 할 신산스러운 삶을 우리는 짐작조차 하기 어려울 거예요. 그런 모습이 여기에 나타나 있는 거죠. 꽃도 피지 않고 꿀벌 하나 날아들지 않는다는 것은 암울한 미래를 상징하는 것으로 볼 수 있죠. 꿀벌이 날아들어야 또 다음 해에 또 꽃이 피고 열매가 맺고 나무가 자라고 할 텐데, 이제 더 이상 열매가 맺을 수 없는 거죠. 어떠한 결실도 만들어질 수 없는 거니까, 그것이 적게는 이 시에 등장하는 털보네 가족의 상황이라고 할 수도 있고, 또 이것을 일반화, 보편화시켜서 이야기하자면 당시 우리 민족이 처했던 보편적인 상황이었다고 볼 수도 있다는 겁니다. 미래가 암울한.

이 외에도 이용악의 작품 중에는 흘러흘러 떠돌아다니는 유이민의 삶을 노래한 작품이 많이 있습니다. 작품의 수준이 백석만큼 높다 하기는 어려우나(이건 제 주관적인 생각일 뿐입니다), 함경도 방언을 즐겨 썼다는 점, 이야기 시로서의 전형을 보여준다는 점, 1930년대 이후의 유이민의 삶을 형상화하고 있다는 점 등에서 의의를 인정받아 마땅하다고 생각됩니다.